UM HOMEM
MORTO A PONTAPÉS

SEGUIDO DE
DÉBORA

Pablo Palacio

UM HOMEM MORTO A PONTAPÉS

SEGUIDO DE
DÉBORA

Tradução e posfácio
JORGE WOLFF

Rocco

Título original
UN HOMBRE MUERTO A PUNTAPIÉS
DÉBORA

Copyright © Pablo Palacio, 2009, 2014
Todos os direitos reservados.

Direitos para a língua portuguesa reservados
com exclusividade para o Brasil à
EDITORA ROCCO LTDA.
Av. Presidente Wilson, 231 – 8º andar
20030-021 – Rio de Janeiro – RJ
Tel.: (21) 3525-2000 – Fax: (21) 3525-2001
rocco@rocco.com.br
www.rocco.com.br

Printed in Brazil/Impresso no Brasil

coordenação da coleção
JOCA REINERS TERRON

preparação de originais
JULIA WÄHMANN

CIP-Brasil. Catalogação na fonte.
Sindicato Nacional dos Editores de Livros, RJ.

P176h   Palacio, Pablo
        Um homem morto a pontapés: seguido de Débora/Pablo Palacio;
        tradução de Jorge Wolff. – 1ª ed. – Rio de Janeiro: Rocco, 2014.
        (Otra língua)
        14 cm x 21 cm

        Tradução de: Un hombre muerto a puntapiés
        ISBN 978-85-325-2920-6

        1. Ficção equatoriana. I. Wolff, Jorge. II. Título. III. Série.

                                            CDD–868.993663
14-11565   CDU–821.134.2(866)-3

Sumário

UM HOMEM MORTO A PONTAPÉS
Um homem morto a pontapés ... 11
O antropófago ... 25
Bruxarias ... 35
As mulheres miram as estrelas ... 45
Luz lateral ... 52
A dupla e única mulher ... 59
O conto ... 79
Senhora! ... 82
Relato da muito sensível desgraça ocorrida à pessoa do jovem Z ... 87

DÉBORA ... 95

Vida e morte de um antropófago equatoriano
por Jorge Wolff ... 149

Com luvas de operar, faço um pequeno bolo de lama suburbana. Faço-o rodar por essas ruas: quem tapar os narizes terá achado nelas carne de sua carne.

UM HOMEM MORTO A PONTAPÉS

Um homem morto a pontapés

"Como jogar no lixo os palpitantes
acontecimentos de rua?"
"Esclarecer a verdade é ação moralizadora."
El Comercio de Quito

"De noite, às doze e trinta mais ou menos, o Vigilante de Polícia nº 451, que fazia o serviço dessa zona, encontrou, entre as ruas Escobedo e García, um indivíduo de sobrenome Ramírez quase em completo estado de prostração. O desgraçado sangrava abundantemente pelo nariz e interrogado que foi pelo senhor Vigilante disse ter sido vítima de uma agressão de parte de uns indivíduos a quem não conhecia, somente por ter-lhes pedido um cigarro. O Vigilante convidou o agredido a acompanhá-lo à Delegacia de turno com o objetivo de prestar as declarações necessárias para o esclarecimento do fato, ao que Ramírez se negou categoricamente. Então, o primeiro, em cumprimento do seu dever, solicitou ajuda a um dos motoristas da parada de carros mais próxima e conduziu o ferido à Polícia, onde, apesar das atenções do médico, doutor Ciro Benavides, faleceu depois de poucas horas.

"Esta manhã, o senhor Delegado da 6ª pôs em prática as diligências convenientes; mas não se conseguiu descobrir nada sobre os assassinos nem sobre a procedência de Ramírez. A única coisa que se pôde saber, por um dado acidental, é que o defunto era viciado.

"Procuraremos deixar nossos leitores informados sobre tudo o que se souber a propósito deste misterioso fato."

Não dizia mais a crônica policial do *Diario de la Tarde*.

Eu não sei em que estado de ânimo me encontrava então. O certo é que ri sem parar. Um homem morto a pontapés! Era o mais engraçado, o mais hilariante que podia acontecer para mim.

Esperei até o outro dia para folhear ansiosamente o *Diario*, mas sobre o meu homem não havia uma linha. No seguinte também nada. Acho que depois de dez dias ninguém se lembrava do ocorrido entre as ruas Escobedo e García.

Mas para mim virou uma obsessão. Perseguia-me por todas as partes a frase hilariante: Um homem morto a pontapés! E todas as letras dançavam diante de meus olhos tão alegremente que resolvi enfim reconstruir a cena de rua ou penetrar, pelo menos, no mistério de *por que* se matava um cidadão de maneira tão ridícula.

Caramba, eu gostaria de fazer um estudo experimental; mas vi nos livros que tais estudos tratam apenas de investigar o *como* das coisas, e entre minha primeira ideia, que era esta, de reconstrução, e a que averigua as razões que moveram *uns indivíduos* a atacar outro a pontapés, mais original e benéfica para a espécie humana me pareceu a segunda. Bom, dizem que o porquê das coisas é algo que cabe à filosofia e, na verdade, nunca soube o que de filosófico teriam minhas investigações, além de que tudo o que leva fumos daquela palavra me aniquila. Contudo, entre receoso e desalentado, acendi o meu cachimbo. Isto é essencial, muito essencial.

A primeira questão que surge diante dos que se sujam com estes trabalhinhos é a do método. Isto sabem de cor os estudantes da Universidade, os das Escolas Normais, os dos Colégios e em geral todos os que se encaminham a pessoas de proveito. Há dois métodos: a dedução e a indução (veja-se Aristóteles e Bacon).

O primeiro, a dedução, pareceu que não me interessaria. Disseram-me que a dedução é um modo de investigar que parte do mais conhecido ao menos conhecido. Bom método: confesso. Mas eu sabia muito pouco do assunto e era preciso virar a página.

A indução é algo maravilhoso. Parte do menos conhecido ao mais conhecido... (Como é? Não lembro bem... Enfim, quem é que sabe destas coisas?) Se estou correto, este é o método por excelência. Quando se sabe pouco, é preciso induzir. Induza, jovem.

Já resolvido, aceso o cachimbo e com a formidável arma da indução na mão, vacilei, sem saber o que fazer.

– Bom, e como aplico este método maravilhoso? – me perguntei.

O que dá não ter estudado lógica a fundo! Ia continuar ignorando a famosa história das ruas Escobedo e García só por causa da maldita ociosidade dos primeiros anos.

Desalentado, peguei o *Diario de la Tarde*, com data de 13 de janeiro – nunca tinha afastado de minha mesa o aziago *Diario* – e dando vigorosas pitadas em meu aceso e bem curvado cachimbo, voltei a ler a crônica policial copiada acima. Tive de franzir o cenho como todo homem de estudo – uma profunda linha no cenho é sinal inequívoco de atenção!

Lendo, lendo, houve um momento em que fiquei quase deslumbrado.

Especialmente o penúltimo parágrafo, aquele do "Esta manhã, o senhor Delegado da 6ª..." foi o que mais me maravilhou. A última frase fez os meus olhos brilharem: "A única coisa que se pôde saber, por um dado acidental, é que o defunto era viciado." E eu, por uma força secreta de intuição que você não pode compreender, li assim: ERA VICIADO, com letras prodigiosamente grandes.

Penso que foi uma revelação de Astarteia. O único ponto que me importou desde então foi comprovar que tipo de *vício* tinha o defunto Ramírez. Intuitivamente tinha descoberto que era... Não, não digo para não indispor a sua memória com as senhoras...

E o que eu sabia intuitivamente era preciso verificar com raciocínios e, se possível, com provas.

Para isto, me dirigi até o senhor Delegado da 6ª que podia me dar os dados reveladores. A autoridade policial não tinha conseguido esclarecer nada. Quase não chega a compreender o que eu queria. Depois de longas explicações, me disse, coçando a testa:

– Ah, sim... Essa história de um tal Ramírez... Veja que já tínhamos desanimado... Estava tão obscura a coisa! Mas, sente-se; por que não se senta, senhor... Como você talvez já saiba, o trouxeram por volta de uma e depois de umas duas horas faleceu... o pobre. Foram feitas duas fotografias dele, se por acaso... alguma dívida... Você é parente do senhor Ramírez? Dou-lhe os pêsames... meu mais sincero...

– Não, senhor – eu disse indignado –, nem sequer o conheci. Sou um homem que se interessa pela justiça e nada mais...

E ri sozinho. Que frase tão interessada! Hãh? "Sou um homem que se interessa pela justiça." Como se atormentaria o senhor Delegado! Para não coibi-lo mais, me apressei:

– Você disse que tinha duas fotografias. Se pudesse vê-las...

O digno funcionário puxou uma gaveta da sua escrivaninha e revolveu alguns papéis. Depois abriu outra e revolveu outros papéis. Numa terceira, já muito agitado, encontrou enfim.

E se portou muito civilizado:

— Você se interessa pelo assunto. Pode levar, cavalheiro... Desde que as devolva, isso sim — me disse, movendo de cima a baixo a cabeça ao pronunciar as últimas palavras e mostrando-me gozosamente os dentes amarelos.

Agradeci infinitamente, guardando as fotografias.

— E me diga, senhor Delegado, não poderia lembrar alguma marca particular do defunto, algum dado que pudesse revelar algo?

— Um sinal particular... um dado... Não, não. Pois era um homem completamente comum. Assim mais ou menos da minha estatura — o Delegado era meio alto —, gordo e de carnes frouxas. Mas um sinal particular... não... ao menos que eu lembre...

Como o senhor Delegado não sabia me dizer mais, saí, agradecendo-lhe de novo.

Dirigi-me apressado para casa; me encerrei no escritório; acendi o meu cachimbo e peguei as fotografias, que, junto com aquele dado do jornal, eram preciosos documentos.

Estava certo de não poder conseguir outros e a minha resolução foi trabalhar com o que a fortuna havia posto ao meu alcance.

A primeira coisa é estudar o homem, me disse. E pus mãos à obra. Olhei e voltei a olhar as fotografias, uma por uma, fazendo delas um estudo completo. Aproximava-as de meus olhos; separava-as, alongando a mão; procurava descobrir os seus mistérios.

Até que no fim, de tanto tê-las diante de mim, cheguei a aprender de memória o mais escondido traço.

Essa protuberância para fora da testa; esse longo e estranho nariz que parece tanto com a tampa de cristal que cobre a bomba de água da *minha* pensão!; esses bigodes longos e caídos; esse queixo em ponta; esse cabelo liso e despenteado.

Peguei um papel, tracei as linhas que compõem o rosto do defunto Ramírez. Depois, quando o desenho estava concluído, notei que faltava algo; que o que tinha diante dos meus olhos não era ele; que tinha deixado de lado um detalhe complementar e indispensável... Sim! Peguei de novo a pena e completei o busto, um magnífico busto que se fosse de gesso figuraria sem destoar em alguma Academia. Busto cujo peito tem algo de mulher.

Depois... depois me encarnicei contra ele. Pus uma auréola! Auréola que se gruda no crânio com um preguinho, assim como nas igrejas elas são grudadas nas efígies dos santos.

Magnífica figura fazia o defunto Ramírez!

Mas, para que isto? Eu tratava... tratava de saber por que o mataram; sim, *por que* o mataram...

Então elaborei as seguintes conclusões lógicas:

O defunto Ramírez se chamava Octavio Ramírez (um indivíduo com o nariz do defunto não pode se chamar de outra maneira);

Octavio Ramírez tinha quarenta e dois anos;

Octavio Ramírez andava mal de dinheiro;

Octavio Ramírez ia malvestido; e, por último, nosso defunto era estrangeiro.

Com estes preciosos dados, ficava reconstruída totalmente a sua personalidade.

Somente faltava, pois, o motivo que para mim ia tendo cada vez mais marcas de evidência. A intuição me revelava tudo. A única coisa que tinha de fazer era, por um pontinho de honradez, descartar todas as demais *possibilidades*. A primeira, a declarada por ele, a questão do cigarro, não se devia sequer meditar. É absolutamente absurdo que se vitime de maneira tão infame um indivíduo por uma tal futilidade. Tinha mentido, tinha disfarçado a verdade; mais ainda, tinha assassinado a verdade, e o tinha dito porque *o outro motivo* não queria, não podia dizer.

Estaria bêbado o defunto Ramírez? Não, isto não pode ser, porque teriam percebido logo na Polícia e o dado do jornal teria sido conclusivo, para não ter mais dúvidas ou, se não constou por descuido do repórter, o senhor Delegado me teria revelado, sem vacilação alguma.

Que outro vício podia ter o infeliz vitimado? Porque ser viciado, isso foi; isto ninguém poderá me negar. Prova-o a sua teimosia em não querer declarar as razões da agressão. Qualquer outra causa podia ser exposta sem rubor. Por exemplo, o que teriam de vergonhosas essas confissões?:

"Um indivíduo enganou a minha filha; encontrei-o esta noite na rua; fiquei cego de ira; tratei-o de canalha, me lancei contra o seu pescoço e ele, ajudado por *seus amigos*, me deixou neste estado" ou

"Minha mulher me traiu com um homem a quem tratei de matar; mas ele, mais forte do que eu, despencou sobre mim com furiosos pontapés" ou

"Tive uns rolos com uma comadre e o seu marido, para se vingar, me atacou covardemente com *seus amigos*."

Se tivesse dito algo disto, ninguém estranharia o acontecido.

Também era muito fácil declarar:

"Tivemos uma rixa."

Mas estou perdendo tempo, porque tenho estas hipóteses por insustentáveis: nos dois primeiros casos, os parentes do desgraçado já teriam dito algo; no terceiro, sua confissão teria sido inevitável porque aquilo resultava honroso demais; no quarto, também já teríamos sabido, pois animado pela vingança teria delatado até os nomes dos *agressores*.

Nada do que para mim tinha sido enfiado na profunda linha do cenho era evidente. Já não cabem mais raciocínios. Em consequência, reunindo todas as conclusões propostas, reconstruí, em resumo, a aventura trágica ocorrida entre a Escobedo e a García, nestes termos:

Octavio Ramírez, um indivíduo de nacionalidade desconhecida, de quarenta e dois anos de idade e aparência comum, vivia num modesto hotel de subúrbio até o dia 12 de janeiro deste ano.

Parece que o tal Ramírez vivia de suas rendas, decerto muito escassas, não se permitindo gastos excessivos nem extraordinários, especialmente com mulheres. Tinha desde pequeno um desvio de seus instintos, que o depravaram posteriormente, até que, por um impulso fatal, foi terminar com o trágico fim que lamentamos.

Para maior clareza se faz constar que este indivíduo tinha chegado apenas uns dias antes na cidade palco do acontecido.

Na noite de 12 de janeiro, enquanto comia em uma obscura pensãozinha, sentiu um já conhecido mal-estar que foi machucando-o mais e mais. Às oito, quando saía, agitavam-lhe todos os tormentos do desejo. Em uma cidade estranha para ele, a dificuldade de satisfazê-lo, pelo desconhecimento que tinha dela, perturbava-o poderosamente. Andou quase desesperado, durante duas horas, pelas ruas centrais, fixando avidamente os seus olhos brilhantes sobre as costas dos homens que encontrava; seguia-os de perto, procurando aproveitar qualquer oportunidade, ainda que receoso de sofrer uma reprimenda.

Pelas onze sentiu uma imensa tortura. Tremia-lhe o corpo e sentia nos olhos um vazio doloroso.

Considerando inútil o trotar pelas ruas concorridas, desviou lentamente em direção aos subúrbios, sempre se voltando para ver os transeuntes, saudando com voz trêmula, detendo-se às vezes sem saber o que fazer, como os mendigos.

Ao chegar à rua Escobedo já não podia mais. Sentia desejos de se jogar sobre o primeiro homem que passasse. Choramingar, queixar-se lastimosamente, falar de suas torturas...

Ouviu, ao longe, passos cadenciados, e o seu coração palpitou com violência; achegou-se à parede de uma casa e esperou. Em poucos instantes o corpo ereto de um operário quase tomava a calçada. Ramírez ficou pálido; contudo, quando aquele estava perto, estendeu o braço e tocou-lhe o cotovelo. O operário se voltou bruscamente e o olhou. Ramírez tentou um sorriso meloso, de proxeneta faminto abandonado no riacho. O outro soltou uma gargalhada e um palavrão; depois seguiu andando lentamente, fazendo soar forte sobre as pedras os saltos largos de seus sapatos. Depois de uma meia hora apareceu outro homem. O desgraçado, todo trêmulo, se atreveu a lhe dirigir um galanteio que o transeunte respondeu com um vigoroso empurrão. Ramírez ficou com medo e se afastou rapidamente.

Então, depois de andar dois quarteirões, encontrou-se na rua García. Desfalecendo, com a boca seca, olhou para um e outro lado. A pouca distância e com passo apressado ia um garoto de catorze anos. Seguiu-o.

– Pst! Pst!

O garoto parou.

– Oi bonito... O que você faz por aqui a estas horas?

– Vou para casa. O que quer?

– Nada, nada... Mas não vá tão rápido, lindo...

E o agarrou pelo braço.

O garoto fez um esforço para se soltar.

– Me deixa! Já falei que vou para casa.

E quis correr. Mas Ramírez deu um salto e o abraçou. Então o moleque, assustado, chamou gritando:

– Papai! Papai!

Quase no mesmo instante, e a poucos metros de distância, se abriu bruscamente uma claridade sobre a rua. Apareceu um homem de alta estatura. Era o operário que tinha passado antes pela Escobedo.

Ao ver o Ramírez, se jogou sobre ele. Nosso pobre homem ficou olhando-o, com olhos tão grandes e fixos como pratos, trêmulo e mudo.

– O que você quer, seu sujo?

E assestou-lhe um furioso pontapé no estômago. Octavio Ramírez desabou, com um longo espirro doloroso. Epaminondas, assim devia se chamar o operário, ao ver aquele descarado em terra, considerou que era muito pouco castigo um pontapé, e lhe presenteou com mais dois, esplêndidos e maravilhosos no gênero, sobre o longo nariz transformado em uma salsicha.

Como devem ter soado esses maravilhosos pontapés! Como uma laranja esmagada, jogada vigorosamente contra uma parede; como a queda de um guarda-chuva cujas varetas se chocam estremecendo; como o quebrar de uma noz entre os dedos; ou melhor, como o encontro de outra dura sola de sapato contra outro nariz! Assim:

Tchá! ⎫
        ⎬ com um grande espaço saboroso.
Tchá! ⎭

E depois: como Epaminondas se encarniçaria, agitado pelo instinto de perversidade que faz com que os assassinos cubram as suas vítimas a punhaladas! Esse instinto que pressiona cada vez mais alguns dedos inocentes, por puro jogo, sobre os pescoços dos amigos até que fiquem roxos e com os olhos acesos!

Como a sola do sapato de Epaminondas bateria no nariz de Octavio Ramírez!

Tchá!
Tchá! } vertiginosamente,
Tchá!

enquanto mil luzinhas, como agulhas, costuravam as trevas.

O antropófago

Ali está, na Penitenciária, exibindo entre as grades a sua cabeça grande e oscilante, o antropófago.

Todos o conhecem. As pessoas caem ali como chuva para ver o antropófago. Dizem que nestes tempos é um fenômeno. Todos o temem. Vão de três em três, pelo menos, armados de navalhas, e quando divisam a sua cabeça grande ficam tremendo, tiritando ao sentir o imaginário mordisco que lhes dá arrepios. Depois vão ganhando confiança; os mais valentes chegaram até a provocá-lo, introduzindo por um instante um dedo trêmulo por entre os ferros. Assim, repetidas vezes, como se faz com as aves enjauladas que dão bicadas.

Mas o antropófago está quieto, olhando com os seus olhos vazios.

Alguns acham que se tornou um perfeito idiota; que aquele foi só um momento de loucura.

Mas não os ouça; tenha muito cuidado diante do antropófago: estará esperando um momento oportuno para saltar contra um curioso e arrancar-lhe o nariz de uma só dentada.

Medite sobre a figura que você faria se o antropófago almoçasse o seu nariz.

Já o vejo com o seu aspecto de caveira!

Já o vejo com a sua miserável cara de lázaro, de sifilítico ou de canceroso! Com o úngue assomando entre a mucosa avermelhada. Com as dobras fundas da boca, fechadas como um ângulo!

Você vai dar um magnífico espetáculo.

Veja que até mesmo os carcereiros, homens sinistros, têm medo dele.

A comida lhe é jogada de longe.

O antropófago se inclina, fareja, escolhe a carne – que lhe dão crua –, e masca saborosamente, cheio de prazer, enquanto a sangueira jorra pelos seus lábios.

No início lhe prescreveram uma dieta: legumes e nada mais que legumes, mas era preciso ver a baderna armada. Os vigilantes acharam que ia quebrar os ferros e comê-los todinhos. E mereciam os cruéis! Pôr na cabeça a ideia de martirizar de tal maneira um homem habituado a se servir de viandas saborosas! Não, isto não cabe a ninguém. Carne haveriam de lhe dar, sem remédio, e crua.

Você nunca comeu carne crua? Por que não tenta?

Melhor não, você poderia se habituar, e isto não cairia bem. Não cairia bem porque os jornais, quando você menos espera, vão chamá-lo de fera e, não tendo nada de fera, perturba.

Os pobres não compreenderiam que o seu seria um prazer como qualquer outro; como comer a fruta na própria árvore, alongando os lábios e mordendo até que o mel corra pela barba.

Mas que coisa! Não acredite na sinceridade das minhas disquisições. Não quero que ninguém crie um mau conceito de mim; de mim, uma pessoa tão inofensiva.

O que se refere ao antropófago sim é certo, inevitavelmente certo.

Na última segunda-feira nós, estudantes de Criminologia, fomos vê-lo.

Ele é mantido encerrado em uma espécie de jaula de guardar feras.

E que cara de figura! Bem que eu sempre me disse: ninguém como os malandros para disfarçar o que são.

Nós, os estudantes, ríamos à beça e nos aproximamos muito para olhá-lo. Acho que nem eu nem eles o esqueceremos. Estávamos admirados, e como nos divertíamos ao mesmo tempo com o seu aspecto infantil e com o fracasso completo das doutrinas do nosso professor!

— Vejam, vejam como parece um menino — disse um.

— Sim, um menino visto com uma lente.

— Deve ter as pernas cheias de dobras.

— E devem botar talco nas axilas para evitar as queimaduras.

— E devem banhá-lo com sabão de Reuter.

— Deve vomitar branco.

— E deve cheirar a seios.

Assim se burlavam os infames daquele pobre homem que olhava vagamente e cuja grande cabeça oscilava como uma agulha imantada.

Eu tinha compaixão dele. Na verdade, a culpa não era sua. Que culpa vai ter um antropófago! Menos ainda se é filho de um açougueiro e de uma parteira, como quem diz do escultor Sofronisco e da parteira Fenareta. Isso de ser antropófago é como ser fumante, ou pederasta, ou sábio.

Mas os juízes vão condená-lo irremediavelmente, sem fazer estas considerações. Vão castigar uma inclinação naturalíssima: isto me rebela. Eu não quero que se proceda de nenhuma maneira à míngua da justiça. Por isto quero deixar aqui constâncias, em poucas linhas, de minha adesão ao antropófago. E acho que sustento uma causa justa. Refiro-me à irresponsabilidade que existe de parte de um cidadão qualquer, ao dar satisfação a um desejo que desequilibra atormentadamente o seu organismo.

É preciso esquecer por completo toda palavra dolorosa que eu tenha escrito contra esse pobre irresponsável. Eu, arrependido, lhe peço perdão.

Sim, sim, acho sinceramente que o antropófago está correto; que não há razão para que os juízes, representantes da vindita pública...

Mas que dilema tão duro... Bom... o que vou fazer é referir com simplicidade o ocorrido... Não quero que nenhum mal-intencionado diga depois que eu sou parente de meu defendido, como já me disse um Delegado a propósito daquela história do Octavio Ramírez.

Assim aconteceu a coisa, com antecedentes e tudo:

Em uma pequena cidade do Sul, faz mais ou menos trinta anos, contraíram matrimônio dois conhecidos habitantes da localidade: Nicanor Tiberio, dado ao ofício de magarefe, e Dolores Orellana, parteira e mercadora.

Aos onze meses justos de casados nasceu um menino, Nico, o pequeno Nico, que depois ficou grande e deu tanto o que fazer.

A senhora de Tiberio tinha razões indiscutíveis para acreditar que o menino nascera de onze meses, coisa rara e perigosa. Perigosa porque quem se nutre por tanto tempo de substâncias humanas é lógico que vá sentir mais tarde a necessidade delas.

Eu desejaria que os leitores fixassem bem a sua atenção neste detalhe, que é, a meu ver, justificativa para Nico Tiberio e para mim, que abracei o assunto.

Bem. A primeira luta que o menino suscitou no seio do matrimônio foi aos cinco anos, quando já vagabundeava e se começou a levá-lo a sério. Era a propósito da profissão. Uma divergência tão vulgar e usual entre os pais, que quase, ao que parece, não vale a pena dar-lhe valor nenhum. No entanto, para mim tem sim.

Nicanor queria que o menino fosse açougueiro, como ele. Dolores opinava que devia seguir uma carreira honrosa, a Medicina. Dizia que Nico era inteligente e que não se devia desperdiçá-lo. Alegava com o motivo das aspirações – as mulheres são especialistas em aspirações.

Discutiram o assunto tão asperamente e por tão longo tempo que, aos dez anos, ainda não o tinham resolvido. Ele: que açougueiro deve ser; a outra: que há de chegar a ser médico. Aos dez anos Nico tinha igual aspecto ao de uma criança; aspecto que acho que esqueci de descrever. O pobre garoto tinha uma pele tão suave que a sua mãe se enternecia; carne de pão molhado em leite, como se tivesse passado tanto tempo nas entranhas de Dolores para se curtir.

Ocorre, porém, que o infeliz havia tomado sérias inclinações pela carne. Tão sérias que já não houve o que discutir: era um excelente açougueiro. Vendia e retalhava que era de se admirar.

Dolores, despeitada, morreu no dia 15 de maio de 1906 (Será também este um dado essencial?). Tiberio, Nicanor Tiberio, achou conveniente embebedar-se seis dias seguidos e no sétimo, que a rigor era de descanso, descansou eternamente. (Uf, esta vai dando em tragédia de cepa.)

Temos, pois, o pequeno Nico em absoluta liberdade para viver à sua maneira, sozinho aos dez anos de idade.

Aqui há uma lacuna na vida de nosso homem. Por mais que tenha feito, não pude recolher dados suficientes para reconstruí-la. Parece, no entanto, que não sucedeu nela circunstância alguma capaz de chamar a atenção de seus compatriotas.

Uma ou outra aventurazinha e nada mais.

O que se sabe deveras é que se casou, aos vinte e cinco, com uma moça de regulares proporções e meio simpática. Viveram mais ou menos bem. Aos dois anos nasceu o seu filho, Nico, de novo Nico.

Deste menino se diz que cresceu tanto em saber e em virtudes, que aos três anos, por esta época, lia, escrevia e era um tipo correto: um desses meninotes sérios e pálidos em cujos rostos aparece congelado o espanto.

A senhora de Nico Tiberio (do pai, não se vá achar que do menino) já havia lançado o seu olho à advocacia, carreira magnífica para o pequeno. E algumas vezes tinha tentado dizê-lo para o marido. Mas este não lhe dava ouvidos, resmungando. Essas mulheres que andam sempre metidas no que não lhes cabe!

Bom, isto não interessa a você; sigamos com a história:

Na noite de 23 de março, Nico Tiberio, que veio a se estabelecer na Capital três anos atrás com a mulher e o pequeno – dado que esqueci de referir a seu tempo

–, ficou até bem tarde num boteco da São Roque, bebendo e papeando.

Estava com Daniel Cruz e Juan Albán, pessoas bastante conhecidas que prestaram, com oportunidade, suas declarações diante do Juiz competente. Segundo eles, o tantas vezes nomeado Nico Tiberio não deu manifestações extraordinárias que pudessem lançar luz em sua decisão. Falou-se de mulheres e de pratos saborosos. Jogou-se um pouco de dados. Cerca de uma da manhã, cada qual tomou o seu rumo.

(Até aqui as declarações dos amigos do criminoso. Depois vem a sua confissão, feita impudicamente para o público.)

Ao se encontrar sozinho, sem saber como nem por quê, um penetrante cheiro de carne fresca começou a obcecá-lo. O álcool aquecia-lhe o corpo e a lembrança da conversa produzia-lhe abundante salivação. Apesar disso, estava em sã consciência.

Segundo ele, não chegou a precisar as suas sensações. No entanto, aparece bem claro o seguinte:

A princípio bateu-lhe um irresistível desejo de mulher. Depois teve vontade de comer algo bem suculento; mas duro, coisa de dar trabalho às mandíbulas. Logo lhe agitaram uns tremores sádicos: pensava em uma raivosa cópula, entre lamentos, sangue e feridas abertas a facadas.

Parece-me que andaria cambaleando, congestionado.

A um sujeito que encontrou no caminho quase lhe assalta a socos, sem ter motivo.

Em casa, chegou furioso. Abriu a porta com uma patada. Sua pobre mulherzinha despertou com sobressalto e se sentou na cama. Depois de acender a luz ficou olhando-o trêmula, como que pressentindo algo em seus olhos vermelhos e saltados.

Estranhando, perguntou-lhe:

– Mas o que há, homem?

E ele, muito mais bêbado do que devia estar, gritou:

– Nada, animal; o que lhe interessa? Saia daqui!

Mas, em vez de fazê-lo, se levantou do leito e ficou parada no meio da peça. Quem sabia o que iriam mentir a esse bruto?

A senhora de Nico Tiberio, Natália, é morena e delgada.

Saindo do amplo decote da sua camisola, pendia um seio duro e grande. Tiberio, abraçando-a furiosamente, mordeu-o com força. Natália lançou um grito.

Nico Tiberio, passando a língua pelos lábios, percebeu que nunca tinha provado manjar tão saboroso.

Mas nunca ter reparado nisso! Que estúpido!

Tinha que deixar os seus amiguinhos de boca aberta!

Estava feito louco, sem saber o que lhe passava e com um justificável desejo de continuar mordendo.

Por sorte sua, ouviu os lamentos do pequenino, do seu filho, que esfregava os olhos com as mãos.

Atirou-se gozoso sobre ele; levantou-o nos braços e, abrindo muito a boca, começou a morder-lhe o rosto, arrancando regulares pedaços a cada dentada, rindo, bufando, entusiasmando-se cada vez mais.

O menino se esquivava e ele comia-o pelo lado mais próximo, sem dignar-se a escolher.

As cartilagens soavam docemente entre os molares do pai. Chupava-se os dentes e lambia os lábios.

O prazer que deve ter sentido Nico Tiberio!

E como não há na vida coisa cabal, vieram os vizinhos a lhe arrancar do seu abstraído entretenimento. Deram-lhe pauladas, com uma crueldade sem limites; o amarraram, quando o viram estendido e sem consciência; e o entregaram à Polícia...

Agora se vingarão dele!

Mas Tiberio (filho) ficou sem nariz, sem orelhas, sem uma sobrancelha, sem uma bochecha.

Assim, com seu sangrento e destruído aspecto, parecia levar no rosto todas as ulcerações de um Hospital.

Se eu acreditasse nos imbecis, teria de dizer: Tiberio (pai) é como Quem come o que cria.

Bruxarias

A PRIMEIRA:

Andava à caça de um filtro; de um filtro de amor; de um desses filtros que se encontram nos livros ocultistas.

"Para obter os favores de uma dama

"Tome-se uma onça e meia de açúcar-cande, pulverize-se grosseiramente em um morteiro novo fazendo esta operação em uma sexta-feira pela manhã, dizendo à medida que for moendo: *abraxas abracadabra*. Mescle este açúcar com meio litro de vinho branco bom; guardar esta mistura em uma cova escura por um espaço de 27 dias; a cada dia pegue a garrafa que não deve estar inteiramente cheia, e mexa-a com força por um espaço de 52 segundos dizendo *abraxas*. De noite faça o mesmo mas durante 53 segundos e por três vezes diga *abracadabra*. Ao cabo do 27º dia..."

Mas este rapaz não estava ciente dos grandes segredos ocultistas e procurava uma bruxa que preparasse a bebida maravilhosa.

Sabendo disso, eu o evitaria a qualquer custo.

Bastava facilitar-lhe os "ADMIRÁVEIS SEGREDOS" DE ALBERTO O GRANDE e o HEPTAMERON composto pelo famoso mágico Cipriano e impresso em Veneza no ano de 1792 por Francisco Succoni. Os filtros são elementares em ciências mágicas.

Mas o desmiolado não pergunta; não consulta os entendidos; nem sequer avisa alguém: vai em busca de uma bruxa; dá com uma, magra e barriguda como uma bexiga inflada pela metade; conta tudo a ela e a bruxa se apaixona por ele.

Ah, bruxa safada! Diz-se que lhe dizia, babona e enrugada:

– Meu bonito, vamos lhe dar uma bebida que faça cair o cabelo.

E mandava-o ir todos os dias. E metia-lhe as mãos entre os sovacos. E aproximava muito de seu rosto o esplêndido nariz; o seu esplêndido nariz aquilino, vermelho, pontudo, encatarrado.

Eu não sei como a bruxa não fez uma barbaridade, como dar-lhe de beber do filtro.

"Para obter os favores de um homem"

e teríamos vivido a aventura mais divertida. A aventura que ofereceria o contraste estético por excelência.

No entanto, o que mais eu teria gostado seria sem dúvida dessa magnífica elegia das bocas, para usar os termos dos literatos finados. Imaginem vocês o rapaz apaixonado pela velha, beijando vorazmente a boca hedionda encouraçada por dois caninos amarelos e extasiando-se diante dos seus olhos remelentos e empapados. Ouçam os gemidos amorosos da assombração, e as palavras doces, e os reproches, e o rangido dos ossos; e vejam as babas que jorram por suas comissuras, e o desmaio das pupilas sob as pálpebras inchadas. E olhem para ele! Sobretudo para ele! Ele, que é o divino. Sorrindo, acariciando-lhe o peito, onde duas manchas feito passas fazem as vezes de seios.

Oh, a magnífica história que perdemos!

A bruxa se mostrou avara e não quis nos brindar, acho eu, com o magnífico espetáculo da sua felicidade.

Ou terá tido algum motivo cabalístico que impedisse de fazer o que ficou dito.

Não sei bem. Mas o fato é que, seja por alguma rebeldia do jovem, seja pela impossibilidade da realização de seus desejos, resolveu se vingar de uma maneira original.

Deu dois filtros para ele; um para ela, para a rival da bruxa, e outro para ele, o infortunado.

Ambos deviam ser bebidos ao mesmo tempo.

E acontece que, tendo sido cumpridas precisamente as indicações, ela na varanda da sua casa e ele na esquina da rua, começaram a ser sentidos os efeitos.

A moçoila deu um salto da varanda para baixo e se dirigiu ao seu moço, que sentiu umas estranhas prolongações brotarem pelos poros do seu corpo.

Completamente louco, desatou a correr; a outra também correu. Era divertido: ele na frente, ela atrás.

Como isto acontecia em um lugarejo – somente nos lugarejos acontecem estas coisas –, logo chegaram ao campo, em frente à casa da bruxa.

O infeliz não pôde dar nem mais um passo; viu que se despedaçavam as suas vestes e uma multidão de folhas frescas saíam-lhe pelo corpo. Eriçaram-se as suas artérias inferiores e, perfurando com fúria os seus pés, desapareceram na terra. Um braço afundou-se no tórax e saiu pela órbita de um olho, carregado de galhos. Estirou-se sobre uma perna só; se decompôs; rangeu sob o vento; deitou raízes firmes; deu um grande grito.

E a moçoila, como que estúpida, arregalou os olhos e ficou mirando a árvore.

A laranjeira, esta laranjeira sentimental, queria chorar estas noites sob a lua como os remos ao serem levantados acima da água: elegante e romântica sentimentalidade.

A laranjeira, como todas as laranjeiras, queria dar um passeio pelo lugarejo e estirar as pernas em algum sarau de senhoras e limpar comodamente o nariz com um amplo lenço de linho.

A bruxa todas as manhãs abria uma janela e espirrava sobre a laranjeira; então as suas folhas estremeciam, se enrugavam como sensitivas. Para justificar o estremecimento da laranjeira, imagine você que uma velha como essa refresca-lhe a face com o seu catarro.

Uma tarde houve tempestade e caiu um raio sobre a laranjeira. No outro dia, a bruxa, satisfeita, foi escavar os escombros e arrancou umas entranhas podres.

Essas entranhas, bem pulverizadas, dissolvidas em sangue de poupa, servem para repetir a operação uma infinidade de vezes.

Ainda que não seja preciso que sejam as mesmas; qualquer uma pode servir, sempre que sejam arrancadas com as unhas, em um domingo e na hora de Marte.

Mas, para tudo isso, é preciso que você leia velozmente e em todos os sentidos possíveis este arranjo cabalístico que consta em todos os livros mágicos:

A
AB
ABR
ABRA
ABRAC
ABRACAD
ABRACADA
ABRACADAB
ABRACADABR
ABRACADABRA

A SEGUNDA:

É indiscutível a superioridade numérica, entre gente entendida em achaques ocultistas, das mulheres sobre os homens. A minuciosa estatística de Marbarieli projeta a seguinte porcentagem:

        Bruxas   87
        Bruxos   13

incluindo-se neste último ponto um 5% de meninos que resultaram verdadeiros prodígios. Alguns, especialmente no gênero adivinhatório, se sobressaíram muito em relação aos mais velhos.

O que foi dito no que tange à quantidade é quase mais evidente quando se trata da qualidade. As ações das primeiras são notavelmente superiores pela intenção, delicadeza e segurança nos resultados.

Ainda que não se queira dizer com isto que os homens careçam de qualidades misteriosas; às vezes, quando têm interesse, são verdadeiros artistas.

Para comprová-lo recordarei para você o caso ocorrido faz cinco anos, a propósito de uma vulgar infidelidade conjugal. Atuou o famoso Bèrnabé, vitimado ultimamente por seus inimigos, para o que foi necessário incendiar um bosque de uma légua por lado, onde, por desgraça, teve de se esconder sem ter tomado precauções prévias.

O pobre Bernabé! Um bruxo de longo nariz chato, olhos viscosos e boca proeminente; de cabelo emaranhado e nuca furunculosa.

Ao Bernabé deveria ser erguida uma estátua.

Eu o tenho como o mestre insuperável dos maridos enganados. É talvez o único que até agora tenha pretendido uma verdadeira revolução no sentido de transformar, em suas bases, a rotina estabelecida nos casos de vingança por traições de índole amorosa.

Quando você obtiver provas irrefutáveis ou cometer o desacerto de surpreender *in fraganti* a sua senhora em uma de suas aventuras e, acreditando agir como um cavalheiro, saque o seu ridículo revólver e dispare três ou quatro vezes sobre a infiel, esteja convencido de que a sua situação será completamente risível, de qualquer ponto de vista.

Hoje já não se mata o cônjuge adúltero: a prática de Bernabé está enormemente generalizada.

Parece que o bonachão entrou de improviso na sua alcova, a altas horas da noite, de volta de uma missa negra. Sua esposa não teve tempo de esconder o outro e foram surpreendidos em circunstâncias visivelmente comprometedoras.

E como tal, Bernabé deu meia-volta.

Algum marido enganado vai rir de Bernabé. Mas não tem o direito. Juro que não tem o direito!

Bernabé buscou em seu gabinete três onças justas de cera negra; acrescentou a parte igual de cabelos arrancados em sigilo aos traidores e empapados previamente em lágrimas de criança recém-nascida; moldou na mescla duas figuras de cão e, soprando no ar pó de figo seco, penas verdes de papagaio e sal marinho, começou a dar solenes voltas em torno da mesa, ao mesmo tempo que evocava os nomes augustos de Yayn, Sadedali, Sachiel e Thanir.

Na décima segunda volta a cera começou a animar-se e a girar no mesmo sentido que Bernabé.

O traidor, que havia saltado por uma janela baixa e corria em direção a lugar seguro, sob o poder do encantamento parou sem saber por que e, pensando que era mais agradável estar um momento com a do cornudo que desembocar precipitadamente por essas ruas, voltou sobre os seus passos, escalou de novo a janela e começou a fazer caretas à mulher, rindo e babando. Ambos faziam caretas. De gatinhas, como se fossem crianças.

Enquanto isto, Bernabé dava voltas em torno da mesa. Quando chegou à vigésima quarta disse, crispando as mãos:

"Dahi! Dahi!"

e os dois da alcova saltaram duas vezes sobre suas mãos e seus pés, nas mesmas posturas inocentes em que estavam.

Bernabé continuava, com velocidade crescente. As figuras de cera se apressavam também. Nos dois da alcova: a cada um uma pontada no cóccix e veemente desejo de ver o próprio cóccix, de lamber o cóccix. Uma contorção do pescoço e o prolongamento vertiginoso da cabeça à curva do corpo, sobre mãos e pés, em movimento centrípeto, enquanto as vestes se esfumavam e uma curiosa extensão, arqueada e móvel, nascia-lhes do cóccix. Dobravam os lábios, ao crescimento dos caninos, e farejavam, arregaçando o nariz amassado e preto. Uma densa pelagem cinza cobria-lhes o couro. Os olhos saltavam das órbitas e davam assoprões ferozes.

No fim se apequenaram, ganhando figura de cães e pararam, agitados, com a língua de fora, a pele estremecida.

Bernabé entrou, olhou para eles regozijado e presenteou-os com dois rancorosos pontapés: baixaram as ancas e, pondo o rabo entre as pernas, saltaram atropeladamente pela janela. E se foram a ladrar para a lua; a dar alaridos pelas noites, mordendo-se as pernas; a atormentar-se com a prostituição obrigatória dos cães.

Todos os cães vagabundos foram gente adúltera; todos os cães que choram, mordidos pelos cães domésticos e que passam os dias jogados, isolados, com as mandíbulas entre as patas dianteiras, comidos pelo sol.

Cuidado, porque de repente lhe pegam por uma perna e lhe sacodem com furor até arrancar pedaços.

Eu tremo sempre que me roça um desses cães mirrados, ossudos, que levam preso na pupila um lampejo humano e trágico...

Hãh?

Joguem uma luz!

Tenho para mim que entraram dois ladrões em casa.

As mulheres miram as estrelas

Juan Gual, devotado à história assim como a uma amada, teve os cabelos arrancados e o rosto arranhado por ela.

Os historiadores, os literatos, os futebolistas, shiii!, todos são pancadas, e o pancada é homem morto. Vão por uma linha, fazendo equilíbrios como quem anda sobre a corda, e se aprisionam no ar com o guarda-sol da razão.

Somente os loucos espremem até as glândulas do absurdo e estão no plano mais alto das categorias intelectuais.

Os historiadores são cegos que tateiam; os literatos dizem que *sentem*; os futebolistas são policéfalos, guiados pelos quádriceps, gêmeos e sóleos.

O historiador Juan Gual. Do grande trapézio da testa pendem-lhe a pirâmide do nariz e o gesto triangular da boca, compreendido no quadrilátero do queixo.

Mede 1,63m e pesa 54 quilos. – Este é um dado mais interessante do que poderia dar um romancista: Maria Augusta, abandonando o banho morno, secou-se cuidadosamente com uma ampla e suave toalha e depois colocou a fina camisa de linho, não sem antes ter-se recreado, com mórbido deleite, na contemplação de suas redondas e voluptuosas formas.

Juan Gual, sorvendo o rapé dos papéis velhos, decifra lentamente a pálida escrita antiga.

"Sr. Capitão Gal.: Informado de que os Abitantes do pequeno Povoado de Callayruc...".

O Copista, depois de um instante, responde:

"... de Callayruc."

"estavam mal impressionados com espécies cuja rusticidade..."

"... cuja rusticidade."

Bom, e o que interessam ao senhor Gual os habitantes do pequeno povoado de Callayruc? O mesmo que para mim o senhor Gual.

O contista é outro pancada. Todos somos pancadas; são animais raros os que não o são.

É preciso sair e gozar o bom tempo: gargarismos musicais dos canários; sombras das figuras geométricas de Picasso que ensamblam nos corpos como que uma vida em outra vida; moçoila estilo Chagall que escarafuncha as narinas com o índice.

Mas o homem de estudo não vê estas coisas: ou permanece escarafunchando nas narinas do tempo a porcaria de uma data ou alinhavando a inutilidade de uma imagem, ou abusando sem critério dos sistemas indutivo e dedutivo.

E o copista? Ah! o copista, um moleque imberbe: 20 anos, 1,80m e 63 quilos. Puseram-lhe a perder com o nome de Temístocles. Certas mulheres do senhor Wilde nunca o teriam amado.

Além de historiador, o senhor Gual prepara delicioso pescado frito. Conheço um engenheiro que guisa admiravelmente arroz à valenciana e um santo sacerdote especialista no adereço de legumes.

"não podia desprezar, e sendo quase todos soldados..."

"todos soldados"

De repente a porta deixa entrar um amplo lance de luz.

Os rostos se alçam dos papeis.

– Quem é? O que é?

Temístocles fica vermelho.

– Entre, senhora.

O senhor Gual endereça o seu pequeno corpo e vai beijar a sua mulher na testa. Esta mulher, cravando um olhar oblíquo em Temístocles, faz de sua boca um parêntese.

Três dados: o historiador tem 45 anos; a senhora do historiador, 23; o historiador se comporta um pouquinho relaxado.

"dos que desertaram, quando me destinei eu..."

"... destinei eu"

O senhor Gual sente receio de beijar a sua senhora na boca diante do Secretário.

Os reconstituintes não produzem efeito. Tem que estar, o pobre, mansamente esperando horas e horas para que a potência seja maior do que a resistência.

Parece que a história tem esse defeitinho como efeito.

Vá entender o homem! Se ao menos fosse mais inocente para enviá-lo em busca de *Os mariscos do senhor Chabre*...

Tudo o que é mais doloroso que mil poemas à amada morta e mais artístico que as primaveras que um homem viu.

Que nem se possa contar com os mariscos!

Senhor! Senhor!

As caras caem de vergonha.

Um filho do senhor Gual é um absurdo.

Então? Os dedos estirados nas bochechas ou as mãos sob os queixos, em uma atitude como que Rodineana, para evitar que as caras caiam de vergonha.

É preciso esperar. A vida é uma paralisação de espera. Sempre estamos mirando, à janela, que passe o bom tempo. Aguardamos que caiam as soluções do próprio tempo. Sentados em nossas poltronas, contemplamos o cinematógrafo de nossos feitos. Miramos para cima a fim de encontrar a claraboia por onde haveremos de sair, pálidos e aturdidos, e ser espectadores do próprio drama estupefaciente, se é que é possível, se é que a vida o permite.

Rosalía e Temístocles esperam, atados ao cordel do destino, com a cabeça baixa como bestas cansadas.

O senhor Gual salta escandalizado.

O senhor Gual estava esperando o que sempre esperava: que a potência seja maior que a resistência e, pretendendo ajudar a primeira, buscava a força passando a sua mão pela seda do ventre dela.

E quando sentiu o impulso da vida, o senhor Gual levantou a mão e o tronco; voltou a pousar a mão para constatar e voltou a levantá-la.

— Rosalía... Rosalía...

Ela também levantou o tronco e se defendeu com as mãos.

A raiva do senhor Gual é a daquele que vê frutificar o que é seu e não possuiu. Talvez seja igual à da mãe cujo filho se torna soldado e, inversamente, à da mulher que pariu um morto.

A raiva entorta a sua cara e incha os seus olhos.

— O que você fez, cachorra?

Ela sente a cuspida e crava nele o olhar como se o partisse ao meio.

— E você, o que fez?

— O que eu fiz?

— Sim, o que você fez?

O senhor Gual engole a raiva que o entorta: ele não fez nada e o pecado está em não fazer nada. A reprimenda bate como um laço no seu rosto. Não fez nada e não deve dizer nada.

Sente a solidão sobre ele. A solidão que nos atinge aos socos até fazer a nossa cara cair sobre o peito.

Sozinho consigo mesmo.

E a solidão traz a amargura, de cara estirada, retangular, com uma rara mecha de cabelos sobre a testa.

Ela tem razão; mas ele também tem e a repreende, com a eterna reprimenda, magra como vírgula:

— Ah! Rosalía...

A amargura cai também sobre ela, sacudindo os seus ombros até fazê-la chorar.

O senhor Gual teve que ir ver o seu copista, arrastá-lo e fazê-lo entrar na casa puxando a sua orelha, como as crianças.

Ainda que Temístocles estivesse encolhido de vergonha, reagiu como todo homem, endurecendo os músculos. Mas, sob o olhar do historiador, voltou a suas posições, sentindo medo da acusação dos olhos.

O senhor Gual o fez sentar em sua cadeira de sempre. Apresentou-lhe o papel de cópia. Afastou-se, cruzando as mãos nas costas. Franziu o cenho no momento difícil.

Grande silêncio.

– Vamos, homem, vamos. Esta manhã choveu um pouco e de noite tive enxaqueca. Estava algo aflito com essa história de Jaen e dom José Ignacio de Checa, mas não pude me levantar logo. Já estou um pouco cansado com estes papéis velhos.

Silêncio.

– Enfim, caramba! É preciso dizê-lo francamente e para isso você veio!

O senhor Gual engole algo tão volumoso que parece um quarto de monólogo, e continua, com mais dificuldade devido ao engasgo.

– Isso da moçoila... já passou. Enfim, caramba!, que vamos fazer... Só os cães são fiéis... com os homens. Só os cães: os cães.

Silêncio.

– Bem, bem. Vamos ao senhor Checa. Estávamos... aqui.

Treme-lhe o fiozinho da voz:

"A fim de prevenir qualquer surpresa que pudesse prejudicar a minha reputação..."

"... reputação."

Até hoje tem dois filhos.

Luz lateral

Já se deu em mim aquele elegante fenômeno de alargamento das pálpebras sobre os olhos – como mãos curvadas sobre laranjas e que caem com a mesma nebulosidade doce do tempo sobre as lembranças.

Este elegante fenômeno que, geralmente, corresponde a uma época, me assaltou muito rápido devido a certas circunstâncias.

Não sou velho: tenho trinta anos. Vejo-me como esses homens que esgotam os seus músculos em uma hora, frente a outros que trabalham oito, com sábia e econômica calma.

Também me caíram um pouco as sobrancelhas e estou bastante calvo.

Trata-se... ah! trata-se daquela moça, Amelia, que me trazia claramente a imagem da heroína de um senhor romancista, a quem os seus pais (ou ela mesma?) mandavam (ou se mandava?) conservar suas tranças longas, seja porque lhe caíam bem, seja para manter o seu fresco aspecto infantil.

Homem! E era bastante pálida. Agora a vejo. Sob cada sobrancelha devia ter uma meia-lua de tinta azul, o que a tornava interessantíssima. E como os lábios eram também muito pálidos, me apaixonei por ela. Acho que esta é uma razão poderosa; as mulheres que têm os lábios avermelhados por força nos deixam nervosos; dão a ideia de ter comido meia libra de carne de porco recém-degolado.

Pois bem. Como era uma menina esperei que amadurecesse e mal a vi com as pernas um pouco gordas, me casei.

Olá, Maria!

Caramba! Acabam de me dizer que está servido o almoço e tenho que ir. Não perca o seu bom humor. Espere um momento. Eu fico nervoso quando me dizem que está servido o almoço.

Dizia que me casei com Amelia. Bom: estou certo de ter vivido com ela durante quase um ano na mais completa cordialidade, quase, porque havia um feroz motivo de perturbação de minha vida.

Tinha ela uma maneira petulante de dizer, repetir, encaixar a toda hora em sua fala uma palavrinha que me deixa até hoje de cabelos em pé. Esse *claro!* que parecia jogar na minha cara com o seu risinho cínico e que me congestionava, me esquentava as mandíbulas.

Se tínhamos que sair para a rua e o tempo estava ruim, ela vinha me provocar:

– Você sabe que não poderemos sair agora porque... claro!, parece certo que vai chover.

Se íamos às compras e eu gostasse de um chapéu para ela, me puxava as orelhas com o seu:

– Você sabe que eu não gosto porque... claro!, estes chapéus já estão fora de moda.

Se aparecia alguma visita em casa, quando ela metia alguma estupidez na cabeça, me tirava o bom humor, como se me gritasse:

– Você sabe que eu não vou poder sair porque... claro!, me sinto um pouquinho indisposta.

Mas o que é essa maneira de falar, senhores? Não parece que lhe estão chamando de grosso ou desafiando para um duelo? Já lhes vou meter o claro! narinas adentro para ver se não ferve o sangue, porque... claro!... Maldição! Se neste momento me disserem que o almoço está servido, fico louco e os despedaço.

Este claro!, que no princípio me beliscava a língua e me dava vontade de afogar na boca com um beijo desses que comprimem raivosamente a mucosa até fazê-la sangrar, foi a única causa das minhas desgraças.

Se ela não tivesse tido essa estúpida mania, continuaria ao seu lado, capturado pelas meias-luas de tinta azul que tem debaixo das sobrancelhas. Porque a amava estrepitosamente e amo-a ainda, como se ama o retrato desbotado da mãe desconhecida ou do recipiente roto... O que digo?... Ah! Estou romântico. Lembrei da urna de cristal que guarda os pedaços do velho recipiente, a quem amo com reverência porque não pode dizer: ... Não! Não digo a palavra, cuspo a palavra na escarradeira, que são perigosas as bascas... Digo? Não.

O recipiente roto! Adoro esta batelada de *erres* que gostaria que me cobrissem até as narinas para estar assim, acocorado, olhando... Oh, o treponema!... claro!

Disse-me em uma noite em que estava entusiasmado dançando em cima de uma tábua de logaritmos.

– Antonito, sabe que deveríamos ir dormir agora?, porque... claro!, é tardinho e tenho muito sono.

E a pérfida me abraça pelas cadeiras. Estava endemoniado! Dei-lhe um soco na cara e saí correndo.

Não voltei mais porque na primeira esquina encontrei a Paula, uma canalha que foi minha amiga quando eu era jovem.

Agarrei-a com força pelo pulso.

– Escuta, você não sabe dizer claro!

Ela se esquivou, pois devo tê-la machucado.

– Mas o que você tem, homem?

– Ah!, sim; não sabe dizer.

E acariciei-lhe o queixo.

Ela me sorriu, mostrando a falta de um incisivo, e me fez soar na orelha, sugestivamente, a sua voz constipada.

– Venha conhecer a casa onde vivo; não nos vemos faz mais de um ano.

Fomos. E como na casa ela me tentava a beijá-la, foi o que fiz, e acabei por ficar com ela uns dez dias.

No oitavo tive um sonho especialíssimo que me encheu de inquietudes. Por inerente disposição, acredito no misterioso e não duvidava nem duvido da veracidade de certos sonhos que são para mim proféticos. Em outro tempo teria aceitado aquele sonho com uma espécie de prazer, dado que a sua realidade modificaria totalmente a minha vida, dando-me um caráter em essência novo, colocando-me em um plano diferente dos demais homens, em uma espécie de superioridade entranhada no perigo que representaria para os outros e que lhes obrigaria a me olhar – entenda-se, de parte dos que o soubessem – com um tremor curioso parecido com a atração dos abismos.

Enquanto ia a um médico, me pus a meditar sobre a situação que me colocaria, caso fosse verdade, a inovação estranha que pressentia. Naquelas circunstâncias, o meu desejo não era o anteriormente apontado; um medo estúpido que me fazia bater os queixos o tinha substituído, fazendo-os realizar revoluções rápidas que insinuavam em meu espírito um caos disparatado e confuso, que esquentava a minha testa e inchava as minhas veias como um convite ao almoço servido; meu amor por Amelia continuava me fazendo respeitá-la, apesar da enormidade do seu pecado, e eu compreendia claramente que o meu desejo de outro tempo representava nestas circunstâncias uma corrente elétrica, estabelecida entre nós, que me impediria de chegar a ela apesar de que o desinfetante do arrependimento a lavasse, apresentando-a pura para nossa posterior vida conjugal.

Hãh? O que que há? Socorro! Um homem me quebra a cabeça com uma marreta de 53 quilos e depois me mete alfinetes de cinco decímetros no coração. Ele se escondeu ali, debaixo da cama de Paulina, e está me apontando quatro navalhas de barba, abertas, passando-as pelo pescoço para me fazer quebrar os dentes de medo e paralisar os meus reflexos, tensionando as minhas pernas como se fosse um velho. Onde estão os signos de Romberg e Aquiles, e onde a luz que há de contrair em uma linha a pupila? Maria! Vá dizer que não como. Vai por ali o treponema pálido, a cavalo, rasgando-me as artérias. E o pobre recipiente roto que está na minha urna de cristal se agita como as coisas vivas... e parece que está levantando um dedo... hãh?

Vejo os meus filhos, adivinho os meus filhos cegos ou com os olhos abertos brancos por inteiro: meus filhos mutilados ou secos ou inverossímeis como fósseis; meus filhos disfarçados sob as máscaras dos eritemas; adivinho a papinha que se move e que ergue um dedo e que quer me abraçar e beijar; adivinho a atetose trágica que há de se dirigir ao meu pescoço para arrancar do meu corpo tireoides, e as pernas pontudas e trêmulas de Amelia; há de pôr círculos de tinta cinza sob os pomos salientes.

Deste povoado gosto da antiga igreja que tem mosaicos verdes nas cúpulas achatadas porque dá as costas ao Norte (o que seria deste pobre povoado se virassem a sua igreja?). Também gosto dela porque no centro da fachada de pedra há uma pequena virgem de pedra.

Dentro dela abro a boca diante de um entalhe que tem fina e pálida face; na esquina inferior esquerda, esta legenda, mais ou menos:

> ESTATURA E
> FORMA E TR
> AJE DA S
> MA VIRGEM S
> EGUNDO O QUE
> ESCREVEU SANTO
> ANSELMO E
> O QUE PINT
> OU SÃO LUCAS

e o que me parece um pouco descabelado, ainda que seja da capela ampla superposta, brota uma bela mão afilada. A cor do vestido é idêntica à de meu recipiente roto.

Ah! Já anoiteceu. O céu está completamente negro; e como nele luzem as diminutas cabeças de alfinete das estrelas, tenho de sair para o campo, muito longe para que não me ouçam, e gritar altíssimo, ainda que rasgue a laringe, para a côncava solidão:

Treponema pálido! Treponema pálido!

A dupla e única mulher

(Foi preciso que me adaptasse a uma série de expressões difíceis que só eu posso empregar, no meu caso particular. São necessárias para explicar minhas atitudes intelectuais e *minhas* conformações naturais, que se apresentam de maneira extraordinária, excepcionalmente, ao contrário do que acontece com a maioria dos "animais que riem".)

Minhas costas, minha parte de trás é, se ninguém se opõe, meu peito dela. Minha barriga está contraposta à minha barriga dela. Tenho duas cabeças, quatro braços, quatro seios, quatro pernas e me disseram que *minhas* colunas vertebrais, duas até a altura das omoplatas, se unem ali para seguir – robustecida – até a região do cóccix.

Eu-primeira sou menor que eu-segunda.

(Aqui me permito, insistindo no esclarecimento feito previamente, pedir perdão por todas as incorreções que cometerei. Incorreções que elevo à consideração dos gramáticos com o objeto de que sirvam para modificar, nos possíveis casos em que o fenômeno possa se repetir, o bordão dos pronomes pessoais, a conjugação dos verbos, os adjetivos possessivos e demonstrativos etc., tudo em seu lugar pertinente. Acredito que não é demais, igualmente, tornar extensiva esta petição aos moralistas, no sentido de que se incomodem alargando um pouquinho a sua moral e que me cubram e me perdoem pelo cúmulo de inconveniências atadas naturalmente a certos procedimentos que trazem consigo as posições características que ocupo entre os seres únicos.)

Digo isto porque eu-segunda sou evidentemente mais frágil, de cara e corpo mais delgados, por certas manifestações que não declararei por delicadeza, inerentes ao sexo, reveladoras da afirmação que acabo de fazer; e porque eu-primeira vou para frente, arrastando minha parte de trás, hábil em me seguir, e que me coloca, ainda que inversamente, em uma situação algo como a de certas comunidades religiosas que passeiam pelos corredores de seus conventos, depois das refeições, em duas filas e se dando sempre as faces – sendo como sou, duas e uma.

Devo explicar a origem desta direção que me colocou dali para frente *à cabeça* de eu-ela: foi a única divergência entre minhas opiniões que agora, e só agora, creio que me autoriza para falar, de *mim* como de *nós*, porque foi o momento isolado em que *cada uma*, quando esteve apta para andar, quis tomar seu rumo. Ela – advirta-se bem: a que hoje é eu-segunda – queria ir, por atavismo sem dúvida, como todos vão, olhando para onde vão; eu queria fazer o mesmo, ver aonde ia, o que suscitou um enérgico espernear, que tinha sólidas bases posto que estávamos na posição dos quadrúpedes e até nos ajudávamos com os braços de maneira que, quase sentadas como estávamos, com aqueles no centro, oferecemos um conjunto octópode, com duas vontades e em equilíbrio por uns instantes devido à tensão de forças contrárias. Acabei por vencê-la, levantando-me fortemente e arrastando-a, produzindo-se entre nós, a partir de meu triunfo, uma superioridade inequívoca de minha parte primeira sobre minha segunda e formando-se a unidade de que falei.

Mas não; é preciso definir uma modificação em meus conceitos, que, agora me dou conta, se desenvolveram assim por leviandade no raciocínio. Indubitavelmente, a explicação que pensei em dar a posteriores fatos se pode aplicar também ao referido; o que esclarecerá perfeitamente minha obstinação em designar-me sempre da maneira em que venho fazendo: *eu*, e que desbaratará completamente a classificação dos teratólogos, que denominaram casos semelhantes como *monstros duplos*, e que se obstinam, por sua vez, em falar destes como se em cada caso fossem dois seres diferentes, no plural, *eles*. Os teratólogos somente atenderam à parte visível que origina uma separação orgânica, ainda que na verdade os pontos de contato sejam infinitos; e não apenas de contato, posto que existem órgãos indivisíveis que servem ao mesmo tempo para a vida da comunidade aparentemente estabelecida. Talvez a hipótese da dupla personalidade, que me obrigou antes a falar de *nós*, tenha neste caso um valor parcial devido ao fato de que esse era o momento inicial em que ia se definir o corpo diretivo desta vida visivelmente dupla e complicada; mas no fundo não o tem. Quase que só lhe dou um interesse expressivo, de palavras, que estabelece um contraste compreensível para os espíritos estranhos, e que em vez de ir como prova de que em um momento dado pôde existir em mim um duplo aspecto volitivo, vem diretamente a comprovar que existe dentro deste corpo duplo apenas um motor intelectual que dá por resultado uma perfeita unicidade em suas atitudes intelectuais.

Com efeito: no momento em que estava apta para andar, e que foi precedido pelas faíscas cerebrais "andar", ideia nascida em minhas duas cabeças, simultaneamente, ainda que algo confusa pelo desconhecimento prático do fato e que tendia apenas à imitação de um fenômeno percebido nos demais, surgiu em meu primeiro cérebro o mandato "Ir para frente"; "Ir para frente" se perfilou claramente também em meu segundo cérebro e as partes correspondentes de meu corpo obedeceram à sugestão cerebral que tentava um desprendimento, uma separação de membros. Esta tentativa foi anulada pela superioridade física de eu-primeira sobre eu-segunda e originou o aspecto analisado. Eis aqui a verdadeira razão que apoia minha unicidade. Se os mandatos cerebrais tivessem sido: "Ir para frente" e "Ir para trás", então sim não existiria nenhuma dúvida acerca de minha dualidade, da diferença absoluta entre os processos formativos da ideia de movimento; mas essa igualdade anotada me coloca no justo termo de apreciação. Quanto à particularidade de que tenham existido em mim duas partes constitutivas que obedeceram a dois órgãos independentes, não lhe dou senão o valor circunstancial que tem, posto que já desdenhei do critério superficial que, de acordo com outros casos, me dá uma constituição plural. Desde esse momento eu-primeira, como superior, ordeno os atos, que são cumpridos sem réplica por eu-segunda. No momento de uma determinação ou de um pensamento, estes surgem ao mesmo tempo em meus dois cérebros; por exemplo "Vou passear", e eu-primeira sou quem dirige o passeio e recolho com prioridade todas as sensações apresentadas diante de mim, sensações que comunico imediatamente a eu-segunda. O mesmo sucede com as sensações recebidas por esta outra parte de meu ser. De maneira que, ao contrário do que considero que sucede com os demais homens, sempre tenho eu uma compreensão, uma recepção dupla dos objetos. Vejo-os, quase ao mesmo tempo, pelos lados – quando estou em movimento – e com respeito ao imóvel, é fácil de me dar perfeita conta de sua imobilidade com um simples apressar o passo de maneira que eu-segunda contemple quase ao mesmo tempo o objeto imóvel. Quando se trata de uma paisagem, olho-a, sem me mexer, de um e outro lado, obtendo assim a mais completa recepção dela, em todos os seus aspectos. Eu não sei o que seria de mim se estivesse constituída como a maioria dos homens; acho que ficaria louca, porque quando fecho os olhos de eu-segunda ou os de eu-primeira, tenho a sensação de que a parte da paisagem que não vejo se move, salta, vem contra mim e é como se, ao abrir os olhos, a fosse encontrar totalmente modificada. Além disso, a visão lateral me aniquila: é como ver a vida por um buraquinho.

Já disse que meus pensamentos gerais e volições aparecem simultaneamente em minhas duas partes; quando se trata de atos, de execução de mandatos, meu cérebro segundo se cala, deixa de estar em atividade, esperando a determinação do primeiro, de maneira que se encontra em condições idênticas às da garrafa vazia que temos de encher de água ou do papel branco onde iremos escrever. Mas em certos casos, especialmente quando se trata de recordações, meus cérebros exercem funções independentes, a maior parte alternativas, e que sempre estão determinadas, para a intensidade daqueles, pela prioridade na recepção das imagens. Às vezes estou meditando sobre tal ou qual ponto e chega um momento em que me surge uma lembrança, já que certamente um canto escuro em nossas evocações é o que mais martiriza nossa vida intelectiva, e, sem ter evocado meu desequilíbrio, apenas por minha detenção vacilante na associação de ideias que sigo, minha boca posterior responde em voz alta, iluminando a escuridão repentina. Se foi o caso de um sujeito apagado, por exemplo, a quem vi alguma vez, minha boca dela responde, mais ou menos: "Ah!, o senhor Miller, aquele alemão com quem me encontrei na casa dos Sánchez e que explicava com entusiasmo o paralelogramo das forças aplicado aos choques de veículos."

O que fez os meus espectadores afirmarem que existe em mim a dualidade que refutei foi principalmente a propriedade que tenho de poder manter conversação seja por um ou outro lado. Isso do *lado* os desconcertou. Se algum se dirige a minha parte posterior, respondo-lhe sempre com minha parte posterior, por educação e comodidade; o mesmo sucede com a outra. E, enquanto isso, a parte aparentemente passiva trabalha como a ativa, com o pensamento. Quando se dirigem ao mesmo tempo a meus dois lados, quase nunca falo por estes ao mesmo tempo também, ainda que me seja possível devido à minha dupla recepção; tomo cuidado com possíveis vacilações e não poderia desenvolver dois pensamentos profundos simultaneamente. A possibilidade a que me refiro tem a ver apenas com os casos em que se trate de sensações e lembranças, com os quais experimento uma espécie de separação de mim mesma, comparável com a daqueles homens que podem conversar e escrever coisas diferentes ao mesmo tempo. Tudo isto não quer dizer, pois, que eu seja duas. As emoções, as sensações, os esforços intelectivos de eu-segunda são os de eu-primeira; o mesmo inversamente. Há *entre mim* – primeira vez que se escreveu bem *entre mim* – um centro para onde confluem e de onde refluem todo o cúmulo de fenômenos espirituais, ou materiais desconhecidos, ou anímicos, ou como se queira.

Verdadeiramente, não sei como explicar a existência deste centro, sua posição no meu organismo e, em geral, tudo o que se relaciona com minha psicologia ou minha metafísica, ainda que pense que esta palavra tenha sido suprimida completamente, hoje, da linguagem filosófica. Esta dificuldade, que com certeza não será nivelada por ninguém, sei que vai me trazer o qualificativo de desequilibrada porque, apesar da distância, domina ainda a ingênua filosofia cartesiana, que pretende que para escutar a verdade basta ficar atento às ideias claras que cada um tem dentro de si, segundo mais ou menos o explica certo cavalheiro francês; mas como pouco me importa a opinião errada dos demais, tenho que dizer o que compreendo e o que não compreendo de mim mesma.

Agora é necessário que apresse um pouco esta narração, indo aos fatos e deixando o especular para mais tarde.

Uns poucos detalhes sobre meus pais, que foram indivíduos ricos e por conseguinte nobres, bastarão para esclarecer o mistério de minha origem: minha mãe era muito dada a leituras perniciosas e geralmente romanescas; parece que depois de minha concepção, seu marido e meu pai viajou por motivos de saúde. No ínterim, seu amigo, médico, entabulou estreitas relações com minha mãe, claro que de honrada amizade, e como a pobrezinha estava tão só e entediada, este seu amigo tinha que distraí-la e a distraía com uns contos estranhos que parece que impressionaram a maternidade de minha mãe. Aos contos acrescente-se o exame de umas quantas estampas que o médico lhe levava; dessas perigosas estampas que alguns senhores desenham nestes últimos tempos, deslocadas, absurdas, e que enquanto eles acham que dão sensação de movimento, só servem para impressionar as simples senhoras que acham que existem na realidade mulheres como as desenhadas, com todo seu desequilíbrio de músculos, estrabismo de olhos e demais loucuras. Não são raros os casos em que os filhos pagam por estas inclinações dos pais: uma senhora amiga minha foi mãe de um gato. Vantajosamente, procurarei que minha descrição não seja lida por senhoras que possam estar em perigo de se impressionar e assim estarei certa de não ser nunca a causa de uma repetição humana do meu caso. Pois, sucedeu com minha mãe que, em certo modo ajudada por aquele senhor médico, chegou a acreditar tanto na existência de indivíduos estranhos que pouco a pouco chegou a se imaginar um fenômeno de que sou retrato, com o que se entretinha às vezes, olhando-o, e se horrorizava nas demais. Nesses momentos gritava e seus cabelos ficavam de pé. (Tudo isto ouvi depois dela mesma em uns enormes interrogatórios que lhe fizeram o médico, o delegado e o bispo, que naturalmente necessitava conhecer os antecedentes do acontecido para poder lhe dar a absolvição.) Nasci mais ou menos dentro do período normal, ainda que não seja certo que fossem normais os sofrimentos pelos quais teve de passar minha pobre mãe, não apenas durante o transe mas depois, porque mal me viram, horrorizados, o médico e o ajudante, contaram a meu pai, e este, encolerizado, insultou-a e bateu nela, talvez com a mesma justiça, mais ou menos, que assiste a alguns maridos que maltratam suas mulheres porque lhes deram uma filha em vez de um filho como queriam.

Mamãe tinha uma certa compaixão insultante por mim, que era tão filha sua como podia tê-lo sido uma sujeitinha igual a todas, dessas que nascem para fazer *biquinho* com a boca, sapatear e coquetear. Papai, quando me encontrava sozinha, me dava pontapés e corria; eu era capaz de matá-lo ao ver que, a meus prantos, era dos primeiros a vir para meu lado; acariciando um dos meus braços, me perguntava, com sua voz hipócrita: "O que lhe aconteceu, filhinha." Eu me calava, não sei bem por quê; mas, uma vez, já não pude suportá-lo e respondi querendo chicoteá-lo com minha raiva: "Você me chutou agora e correu, hipócrita." Porém, como meu pai era um homem sério e aparentava diante de todos me querer, e lhe tinham visto entrar surpreso, e, por último, merecia mais crédito do que eu, todos me olharam, abrindo muito a boca, e se entreolharam; um momento depois, ao se retirar, ouvi que meu pai disse em voz baixa: "Teremos que mandar esta pobre menina ao Hospício; eu desconfio que não esteja bem da cabeça; o doutor também me manifestou suas dúvidas. Caramba, caramba, que desgraça." Ao ouvir isto, fiquei pasma.

Não imaginava o que pudesse ser um Hospício; mas pelo sentido da frase compreendi que se tratava de algum lugar onde se recolhiam os loucos. A ideia de me separar de meus pais não era para mim nada dolorosa; teria aceitado antes com prazer, já que contava com o ódio de um e a compaixão da outra, que talvez não fosse melhor. Mas como não conhecia o Hospício, não sabia o que era o preferível; este me parecia algumas vezes ameaçador, quando encontrava em minha casa alguma comodidade ou algum carinho entre os criados, que faziam com que tomasse esse ambiente como meu; mas em outras, diante do rosto contraído de minha mãe ou um olhar envenenado de meu pai, desejava ardentemente sair daquela casa que me era tão hostil. Teria prevalecido em mim este desejo de não ter surpreendido uma tarde entre os criados uma conversa em que se compadeciam de mim, dizendo a cada tanto "pobrezinha" e em que descobri, além disso, alguns espantosos procedimentos dos guardiões daquela casa, aumentados, sem dúvida, extraordinariamente pela imaginação encolhida e servil dos que falavam. Os criados sempre estão prontos a imaginar as coisas mais inverossímeis e impossíveis. Diziam que açoitavam todos os loucos, davam-lhes banho com água gelada, penduravam-lhes pelos dedos dos pés, por três dias, no vazio; o que acabou por me sobressaltar. Fui assim que pude até o meu pai, a quem encontrei discutindo aos brados com sua mulher, e me pus a chorar diante dele, dizendo-lhe que certamente tinha errado naquele dia e que devia ter sido outro que havia me maltratado, que eu o amava e respeitava muito e que me perdoasse. Se tivesse podido fazê-lo, teria me ajoelhado com gosto para pedi-lo, porque havia observado que as súplicas, os lamentos e alguma ou outra bobagem adquirem um caráter mais grave e enternecedor nessa difícil posição; homens e mulheres poderiam dar o que se lhes peça, quando isto é feito de joelhos, porque é como se esta atitude elevasse os concedentes a uma altura igual à das santas imagens nos altares, de onde podem dilapidar favores sem míngua da sua propriedade nem da sua integridade. Ao ouvir-me, meu pai, não sei por quê, me olhou de uma maneira especial, entre furioso e amargurado; levantou-se com violência. Acho que seus olhos ficaram úmidos. Por fim disse, encolhendo a cabeça: "Este demônio vai acabar por me matar", e saiu sem se voltar para trás. Pensei que este era o último momento da minha vida naquela casa. Logo depois, ouvi um ruído extraordinário, seguido do movimento de criados e alguns choros.

Agarraram-me e, apesar de espernear, me levaram para o meu quarto de dormir, onde me encerraram à chave, e não voltei a ver mais o meu maior inimigo. Depois de algum tempo soube que tinha se suicidado, notícia que recebi com grande alegria posto que veio a comprovar as hipóteses doces que contrabalançavam e faziam oscilar minha tranquilidade, em oposição a outras amargas, anunciadoras de uma desgraçada mudança em minha vida.

Quando fiz 21 anos me separei de minha mãe, que era então ainda uma mulher jovem. Ela aparentou grande dor, que talvez tivesse algo de verdadeiro, dado que minha separação representava uma notabilíssima diminuição da fortuna de que ela usufruía.

Com o que me coube como herança me instalei muito bem e, como não sou pessimista, se não tivesse ocorrido a mortal desgraça que conhecerão mais tarde, não teria me desesperado para encontrar um *bom partido*.

A minha instalação foi das mais difíceis. Preciso de uma quantidade enorme de móveis especiais. Mas de tudo o que tenho, o que mais me impressiona são as cadeiras, que têm algo de inerte e de humano, amplas, sem apoio porque sou apoio de mim mesma, e que devem servir de um e de outro lado. Me impressionam porque eu faço parte do objeto "cadeira"; quando está vazia, quando não estou nela, ninguém que a veja pode fazer uma ideia perfeita daquele movelzinho, amplo, alargado, com braços opostos e ao que parece que falta algo. Esse algo sou eu que, ao me sentar, preencho um vazio que a ideia "cadeira" tal como está feita vulgarmente havia desembocado em "minha cadeira": o apoio, que foi posto por mim e que não podia haver antes porque precisamente, quase sempre, a condição essencial para que um móvel meu seja móvel no cérebro dos demais é que faça eu parte desse objeto que me serve e que não pode ter, em nenhum momento, vida integral e independente.

Quase o mesmo sucede com as mesas de trabalho. Minhas mesas de trabalho dão meia-volta – não ativamente, entenda-se, mas passivamente; de modo que sua linha máxima é quase uma semicircunferência, algo achatada em suas partes opostas: quero dizer que tem a forma de uma bala, perfilada, cujo extremo anterior é uma semicircunferência. Uma síntese da metade do Mar Adriático, em direção ao golfo de Veneza, penso que seria também sumamente parecida com a forma exterior das tábuas das minhas mesas. O centro está recortado e vazio, da mesma forma que a já descrita, de maneira que ali posso entrar eu e minha cadeira, e ter mesa por ambos os lados. Claro que podia evitar a dificuldade destas inovações tendo só duas mesas, entre as quais me colocaria; mas foi um capricho, que tende a estabelecer minha unidade exterior magnificamente, já que ninguém pode dizer: "Trabalha em mesas", mas "em uma mesa". E a possibilidade de que eu trabalhe de um só lado me põe em desequilíbrio: não poderia deixar vazia a frente de meu outro lado. Isto seria a dureza de coração de uma mãe que, tendo um pão, o desse inteiro a um de seus dois filhos.

Meu toucador é duplo: não tenho necessidade de dizer mais, pois o seu uso nesta forma é claramente compreensível.

A diversidade de meus móveis é causa da grande dor que sinto por não poder fazer visitas. Tenho apenas uma amiga que, por ter-me com ela algumas vezes, mandou confeccionar uma de *minhas* cadeiras. Mas, preferindo estar sozinha, sou vista por ali rara vez. Não posso suportar continuamente a situação absurda em que devo me colocar, sempre no meio dos visitantes, para que a visita seja de eu-inteira. Os outros, para compreender a forma exata da minha presença em uma reunião, ao me sentar como todos, deveriam assistir a uma de perfil e pensar na curiosidade incômoda dos interlocutores.

E esta dor não é nada diante de outras. Em especial o meu amor pelas crianças acaba por me fazer chorar. Gostaria de ter alguma nos meus braços e fazê-la rir com minhas graças. Mas elas, mal me aproximo, gritam assustadas e correm. Eu, defraudada, caio em um gesto trágico. Acho que alguns romancistas descreveram este gesto nas últimas cenas de seus livros, quando o protagonista, sozinho, à beira-rio (quase nunca se lembram do cais), contempla a separação do barco que leva uma pessoa amiga ou da família; isso é mais patético quando quem se vai é a amada.

Na casa de minha amiga da cadeira conheci um cavalheiro alto e bem formado. Olhava-me com especial atenção. Este cavalheiro seria o motivo da mais aguda de minhas crises.

Direi logo que estava apaixonada por ele. E como antes já expliquei, este amor não podia surgir isoladamente em só um de meus *eus*. Por minha manifesta unicidade, apareceu ao mesmo tempo em *meus lados*. Todos os fenômenos prévios ao amor, que seria demais dizer, foram aparecendo neles identicamente. A luta que me acometeu é facilmente imaginável. O mesmo desejo de vê-lo e de falar com ele era sentido por ambas as partes e como isto não era possível, segundo as alternativas, uma tinha ciúmes da outra. Não sentia apenas ciúmes, mas também, de parte de meu eu favorecido, um estado manifesto de insatisfação. Enquanto eu-primeira falava com ele, me aguilhoava o desejo de eu-segunda, e como eu-primeira não podia deixá-lo, esse prazer era um prazer pela metade com o remorso de não ter permitido que falasse com eu-segunda.

As coisas não passaram disso porque não era possível que fossem além. Meu amor por um homem se apresentava de uma maneira especial. Pensava eu na possibilidade de algo mais avançado: um abraço, um beijo, e se era no primeiro vinha em seguida à minha imaginação a maneira como podia dar esse abraço, com os braços de eu-primeira, enquanto eu-segunda agitaria os seus ou os deixaria cair com um gesto inexprimível. Se era um beijo, sentia antecipadamente a amargura de minha boca dela.

Todos estes pensamentos, que eram de *solidariedade*, vinham acompanhados por um ódio invencível à minha segunda parte; mas o mesmo ódio era sentido por esta contra minha primeira. Era uma confusão, uma mescla absurda, que me dava voltas no cérebro e me fazia perder o senso.

Mas o ponto máximo de meus pensamentos, a este respeito, era o mais amargo... Por que não dizê-lo? Ocorreu-me que um dia poderia chegar à satisfação de meu desejo. Esta simples enunciação dá uma ideia clara dos raciocínios que faria. Qual *eu* deveria satisfazer *meu* desejo, ou melhor, *sua* parte de *meu* desejo? De que forma poderia ocorrer-me sua satisfação? Em que posição ficaria minha outra parte ardente? O que faria esta parte, esquecida, congestionada pelo mesmo ataque de paixão, sentido com a mesma intensidade, e com o vago estremecimento do satisfeito em meio ao enorme insatisfeito? Talvez se travasse uma luta, como no princípio de minha luta, como no princípio de minha vida. E venceria eu-primeira enquanto mais forte, mas ao mesmo tempo me venceria a mim mesma. Seria apenas um triunfo de prioridade, acompanhado por aquela tortura.

E não somente sobre isso eu devia meditar, mas também sobre a provável atitude dele frente a mim, em minha luta. Primeiro, era possível para ele sentir desejo de satisfazer meu desejo? Segundo, esperaria que uma de minhas partes se brindasse, ou teria determinada inclinação, que tornaria inútil a guerra de meus *eus*?

Eu-segunda tenho olhos azuis e o rosto fino e branco. Com doces sombras de cílios.

Eu-primeira talvez seja menos bela. As mesmas feições são endurecidas pelo cenho e pela boca imperiosa.

Mas disto não poderia deduzir qual eu seria a preferida.

Meu amor era impossível, muito mais impossível que os casos romanceados de um jovem pobre e obscuro com uma jovem rica e nobre.

Talvez houvesse um pequeno resquício, mas era tão pouco romântico! Se fosse possível amar a duas!

Enfim, não voltei mais a vê-lo. Pude me dominar fazendo um esforço. Como ele tampouco se esforçou por ver-me, pensei depois que todas as minhas inquietudes eram fantasias inúteis. Eu partia do fato de que ele me queria, e isto, em minhas circunstâncias, parece um pouco absurdo. Ninguém pode me querer, porque me obrigaram a carregar este meu fardo, minha sombra; me obrigaram a carregar minha duplicação.

Não sei bem se devo ficar com raiva dela ou se devo elogiá-la. Ao sentir-me *outra*; ao ver coisas que os homens sem dúvida não podem ver; ao sofrer a influência e o funcionamento de um mecanismo complicado que não é possível que alguém conheça fora de mim, acho que tudo isto é admirável e que sou para os medíocres como um pequeno deus. Mas certas exigências da vida em comum que irremediavelmente tenho que enfrentar e certas paixões muito humanas que a natureza, ao organizar-me assim, teve logicamente de suprimir ou modificar, fizeram com que mais continuamente pense no contrário.

Naturalmente, esta organização diferente, trazendo-me usos diferentes, me obrigou a ficar isolada quase por completo. À força de costume e de suportar esta contrariedade, não sinto absolutamente o princípio social. Esquecendo todas as minhas inquietudes, me tornei uma solitária.

Faz mais ou menos um mês, senti uma insistente comichão nos meus lábios dela. Depois apareceu uma manchinha branqueada, no mesmo lugar, que mais tarde se transformou em violácea; aumentou, irritando-se e sangrando.

Veio o médico e me falou de proliferação de células, de neoformações. Enfim, algo vago, mas que eu compreendo. O pobre terá querido não me impressionar. O que me importa isso, com a vida que levo?

Se não fosse por essas dores insistentes que sinto nos meus lábios... Nos meus lábios... bom, mas não são meus lábios! Meus lábios estão aqui, na frente; posso falar livremente com eles... E como é que sinto as dores desses *outros* lábios? Esta dualidade e esta unicidade vão finalmente me matar. Uma de minhas partes envenena o todo. Essa chaga que se abre como uma rosa e cujo sangue é absorvido por meu outro ventre irá comendo todo o meu organismo. Desde que nasci tive algo especial; levei no meu sangue germes nocivos.

... Certamente devo ter só uma alma... Mas se depois de morta, minha alma for assim como o meu corpo...? Como gostaria de não morrer!

E este corpo inverossímil, estas duas cabeças, estas quatro pernas, esta proliferação rebentada dos lábios?

Uf!

O conto

Existem na atualidade assuntos importantíssimos de exploração sociológica e política: o Marrocos, os sistemas de colonização francesa e espanhola, o grande problema das finanças, a identidade da Europa feudal e da América colonial, a difícil questão da procedência dos primeiros habitantes deste continente, e muitíssimos mais. Mas creio que brilha sobre todos a eternamente nova e eternamente velha *opinião pública*.

A opinião pública, freio de governantes e único timão seguro para conduzir com bom êxito a nave do Estado! A opinião pública, moderadora dos costumes políticos, dos costumes sociais, dos costumes religiosos!

Suponhamos que pudesse existir um homem que participe sincera e identicamente destas ideias. Logo este homem deve se chamar Francisco ou Manuel e estar na meia-idade, entre gordo e magro, entre barbudo e não barbudo.

Este seu Francisco ou seu Manuel tem que ser pequeno, ter pálpebras com bolsas, usar *jaquet* e detestável chapéu.

Andará lentamente, brandindo a bengala e movendo as cadeiras. Solteirão e tedioso, deverá ter uma amiga que foi amiga de todos, conquistada à força de hábito, e a quem qualquer mequetrefe pôde chamar:

Pst. Pst... (etc.)

Esta amiga – Laura ou Judith – terá qualquer nariz – ponhamos aquilino –, qualquer cabelo – canela –, quaisquer olhos – pardos – e será desengonçada e voluntariosa.

Pode viver ao cabo de uma rua suja.

Pode ter amigas muito alegres com quem celebre sessões animadas, que salpicarão o conto como a lama a um vestido novo, a pisada de um cavalo em uma poça.

O pequeno sociólogo, oh maravilha!, terá que ir duas vezes por semana ao cabo da rua conhecida e dará voltas junto à porta, olhando para todos os lados, aturdido, procurando evitar um mau encontro. Quando jogar na janela a pedrinha do assobio, ela fará grunhir os cristais e lhe responderá com a raiva de seus olhos.

Naturalmente, ela deve se divertir à custa dele, ainda que *com* ele não lhe seja possível se divertir.

E como o sociólogo não terá mau olfato, e como quase nunca saberá o que dizer, há de tossir um pouco irritado.

— Escuta, Laura – ou Judith –, eu acho que você não esteve sozinha aqui. Diga-me de quem é essa bagana.

Ela a esmagará com o silêncio.

Então, o sociólogo, acovardado, terá de se calar também um pouco.

Depois disso:

– Bom, Laura – ou Judith –, não seja assim. Parece que eu venho lhe pedir... caridade. De noite você esteve com um dos meus amigos e ele me contou, sem saber que...

Grande reação:

– Vai, animal: já não posso aguentar mais essas suas porcarias. Se você vem outra vez com isso, lhe racho a cabeça!

Pensamento:

"Se esta mulher me racha a cabeça, o que dirá a opinião pública?"

Senhora!

– Foi você, sim, foi você.

– Senhora...?

– Eu digo que foi você; não seja sem-vergonha.

– Mas... senhora...! me perdoe: não sei do que se trata.

– Ah! cínico... Devolva-me já o que você pegou.

O homem sentiu um rangido no trambolho do seu bom juízo e ficou vendo a cara da raivosa com olhos desorbitados. – Foi você que estava sentado ao meu lado no Teatro?

– ... Sim, senhora; assim me parece...

– Então, o que fez do meu saquinho de joias? – Mas que saquinho de joias?

– Oh! Isto é demais. E claro!, não podia ser de outra maneira. A que ponto chegamos! Você vai comigo, jovenzinho, e não diga nada porque não quero fazê-lo passar um vexame. Há de se acreditar que seja eu quem sinta vergonha antes que ele!

Na comédia moderna, o automóvel é um personagem interessantíssimo; de modo que se aproximou um automóvel.

— Para a Polícia.

Desconcerto. "Estou louco ou ela está louca? Sonho ou não sonho? O que está me acontecendo? Sou ladrão ou não sou ladrão? Existo ou não existo?" Alto grau de estupidez.

— Mas, senhora!

— Lá vem você de novo! Não vai ser possível me entender com você. Eu já disse. O que tem de fazer é me devolver o que pegou e não vir com lamentações. Nada disso teria acontecido se você tivesse me devolvido isso de uma vez. Para que esses fingimentos?

— Eu juro, senhora: não sei o que é que me reclama.

— Cale-se! Cale-se! Você vai me deixar furiosa. Estou convencida de que foi você e por isso faço o que faço. E não sei bem por que procedo assim. Apesar da monstruosidade que acaba de cometer, simpatizei com você; se não, já estaria na Polícia, o que é uma vergonha. Mas por algum motivo noto que é uma pessoa decente e estou certa de que não sofrerá o sufoco das investigações. Polícia.

— Veja, jovem, por Deus, devolva-me o saquinho. São joias valiosíssimas e tudo o que tenho. Imagine o que o meu marido vai dizer quando vier. Ah! e tudo por causa da ausência dele... O que vai me dizer quando vier. Veja, jovem, compadeça-se de mim...

— Ora, diabos, o que está acontecendo? Eu lhe disse que não tenho nada seu. Você entende?: Não te-nho na-da seu. Já estamos na Polícia. Continue, senhora.

– Não, não desça, não se incomode. Eu não quero lhe fazer ficar mal. Caramba, caramba. Cale-se. Não, não; isto não pode ser. Eu sei que você se compadecerá de mim. Adolfo, siga para casa.
– Maldição!
E estupidez definitiva: "Mato-a ou não? Estou louco ou está louca? Que horas são? Aonde vou? Há um amigo no meio da noite ou um inimigo? Quem é esta mulher? Roubei ou não roubei?"
– Não tente se jogar... Você se arrebentaria. Vá mais rápido, Adolfo; mais rápido.
E como a viagem foi longa, o homem teve medo. Brilhavam dois olhos de gata.
Naturalmente, começou a chover forte.
– Não tenha receio de nada. Você acha perigosa uma mulher sozinha na noite? Oh, que menino... Não comeremos você. Mas, fale. Por que não fala? Secou sua boca?
Silêncio empedernido. Desfile, diante da imaginação, de todos os gestos, atitudes e aptidões do absurdo.
– Já chegamos. Tenha a bondade de descer, jovem. Não: por aqui. Não tenha nenhum receio. Repare no perigo que lhe oferece uma mulher sozinha. Entre. Suba. Caramba, o susto que me deu. Eu achei que não voltaria mais a ver aquilo, que é tudo o que tenho. Ai, mas faz um frio terrível. Entre, sente-se. – Silêncio. – O que preciso agora são as joias. Faça-me o favor, jovem.
– Mas, senhora, o que está acontecendo? Já lhe repeti até a exaustão: eu não tenho suas joias.

– Bom, primeiramente me diga por que me chama de senhora...

– ... Porque assim parece.

E a senhora riu.

– Caramba, caramba... Perdoe-me que seja tão maçante; mas, já compreenderá... a minha situação é das mais difíceis... Você já sabe que o meu marido está ausente, e pode cair aqui de surpresa depois de dois, três, quatro dias... E o que lhe direi dessas joias? Como ele é um pouco ciumento, quem sabe que coisas vai imaginar... Ai, não, Deus meu, quando eu penso no que ele pode pensar de mim, sou capaz de me enterrar viva...! Me perdoe, eu sei que estou me portando muito indiscretamente, mas é que agora não posso fazer nada bem... Permita-me que lhe exija seu sobretudo.

A senhora remexeu inutilmente em todos os bolsos e o colocou sobre uma cadeira.

– Oh! Mas não volte a colocá-lo. Espere. Caramba; mas que frias estão as suas mãos. Quer tomar uma tacinha? Rum? Conhaque? Uísque?...

– Não bebo nada, senhora.

– Uff, que seriedade... É de se ver o garoto. Me perdoe um momento? Eu mesma vou trazer, porque não quero despertar os criados, e já veremos se recusa. Vou trazer junto também um utensílio para que se resolva a questão das joias.

Por força, havia parado de chover.

Olhares rápidos e tresloucados. Uma janela baixa foi o milagre. Já que não havia perigo de despedaçar o esqueleto, por ali devia salvar-se o homem – e também o contista –, para logo, aturdido, afundar-se no caminho.

Ao ruído da janela, é evidente que a senhora teve de retornar à sala; e ao não encontrar a vítima, sair para ver apressadamente, hostil, raivosa, dada aos mil diabos.

Arrancaria os cabelos. Jogaria no lago quieto da noite, atado ao final de seu longo olhar explorador, este volume:

– Pau!

Um estilingue golpeará o estupor do homem.

Relato da muito sensível desgraça ocorrida à pessoa do jovem Z

O jovem Z se matriculou no ano de Patologia a quinze de outubro de mil novecentos e vinte e cinco.

Pode-se afirmar que, primordialmente, o desgraçado jovem Z teve três amigos: A, B e C. C é o contista.

O meu nunca bem admirado amigo Z foi um mártir da análise introspectiva e da sua boa vontade de paciente. Meu amigo Z pôde estudar a matéria inteira sobre si mesmo, progressivamente, à medida que seu olho feito de tragédia comia as páginas do inocente Collet.
    Ainda que não fosse caolho, digo "seu olho" porque é melhor dizer "seu olho" do que "seus olhos".

Seguindo o sistema do segundo capítulo de meu RELATO, afirmo que para meu recordado amigo, muito justiceiramente desde já, a letra Z foi a mais importante do alfabeto.

E conforme o que foi dito no terceiro capítulo, para perpétua lamentação nossa, ocorreu-lhe o que nestes se refere:

Reumatismo articular agudo

Nos primeiros meses de estudo foi assaltado pelo perigoso reumatismo articular agudo; uma insistente dor no punho direito, que manteve os seus amigos A, B e C em constante tensão de ânimo.

Consequências autoprognosticadas pelo espírito analítico de Z: perigosíssimas afecções cardíacas. Etiologia: a maldição dos quartos úmidos. Todos os quartos são úmidos. O que faria Z? Z era o jovem mais desgraçado do mundo. As letras do alfabeto estavam osseamente atacadas de indiferentismo. Z podia morrer como um cão.

→ Capítulo de leitura proibida

Atropelada, absurda, inexplicavelmente, Z, meu inesquecível amigo, sofreu uma vergonhosa infecção uretral. A compaixão universal por Z! Mas todos têm a compaixão reforçada por ardores...

Etiologia: conhecida mas inefável. Consequências: o iminente estreitamento uretral. O que fazer? Oh! O que fazer?... Enfim, depois dos três meses indo aos boticários em busca de certos frascos para precaver... alguma amargura aos quarenta anos.

Hemorroidas

Uma pequena dificuldade e consulta obstinada dos textos. Z teve uma doença gravíssima, tenaz, mortificante. Esta doença mortificante apresenta-se, segundo os textos, a partir dos 30 aos 40 anos, na maior parte dos casos. Deixando de lado "a maior parte", para segurança, Z chegou a duvidar se estaria entre os 30 e os 40. "Artríticos, *gros mangeurs* (grandes comedores), sedentários, constipados." Constipados, constipados... Consta-me que o meu inesquecível amigo se desconstipou com elegante azeite, mas não me consta que tenha se tornado um "petit mangeur".

Varizes

Minúscula dilatação venosa na face anterior externa da perna direita.

Decididamente Z era o jovem mais desgraçado do mundo. As varizes, as varizes! Úlceras varicosas, elefantíases varicosas.

"Em havendo duas causas promotoras deste terrível mal, as causas *profissionais* e as *mecânicas*, uma das duas, irremediavelmente, deve ter operado sobre o meu organismo. A prolongada posição vertical... mordomos de hotel... Eu disse mordomo de hotel? Mas devo me sentar:

por que estou em pé? As meias de compressão... por que uso essas meias?"

Molluscum pendulum

O Professor mostrou aos seus alunos o pobre homem que tem *molluscum pendulum*. Uma grande bomba no final da coluna. Bomba pendente, oscilante.

Em segredo meu amigo Z me referiu que todas as noites levava a mão "ao lugar", trêmulo, pressentindo encontrar de repente a grande bomba que lhe fustigava as coxas.

Taquicardia paroxística essencial

Mas tudo isso é nada. Z comprou definitivamente a morte, na "Universal" e pelo cômodo preço de vinte e cinco sucres, em forma de um aparelhinho com tiras. Um aparelhinho que leva o coração do paciente às orelhas do experimentador.

São curiosas estas curvas prolongadoras, estabelecidas entre a vítima e um homem de cenho franzido. Z foi vítima e homem de cenho franzido, de maneira obstinada.

Tinha uma poltrona cômoda. E eis aqui o processo criminal da poltrona, dos livros e do estetoscópio, operantes na desgraça de meu amigo: ao entrar, apesar de todas as aparências, era a poltrona que tomava posse de seu corpo. A mão direita no pulso esquerdo para contar as pulsações da artéria radial. Depois a mesma mão no coração: tremores, ânsias; atropelado ranger de botões e o estetoscópio sobre a sístole e a diástole, enquanto a víscera chama ao tabique peitoral com a mesma chamada de uma mão insistente em uma porta fechada. É preciso compreender a rotação progressivamente acelerada do ritmo na corrente estabelecida entre a caixa Bianchi e o cérebro, por intermédio das tiras e dos condutos auditivos. Como um aro impulsionado sistematicamente até o pesadelo.

É preciso compreender as funções do grande simpático e do pneumogástrico, a parada forçada. A vida em um ponto.

É preciso compreender a nossa estupidez diante da visão do nada.

E como isto estava muito bem meditado por Z, o seu coração chamava tão imperiosamente como o senhor que ficou na rua, em noite chuvosa, diante de sua porta.

Sempre o estetoscópio espreitando a morte do pneumogástrico.

^{tac,} tac, tac

enquanto Z fica avermelhado, saltam-lhe os olhos, os cabelos em pé.

Até que o grande golpe definitivo rompeu a parede torácica e a ponta cardíaca saiu para olhar a caixa Bianchi, atraída pelo fio que saía do cérebro da vítima de cenho franzido.

Uma lágrima... (Uma lágrima...? Oh!: coloca-se assim nas coroas fúnebres.) Uma lágrima sobre os ossos de meu amigo.

Depois de Tudo:

a cada homem a amargura final dará uma piscadela.

Como no cinematógrafo – a mão na testa, o rosto virado para trás –, o corpo tireoide, ascendente e descendente, será um índice no mar solitário da lembrança.

DÉBORA

Tenente

você foi meu hóspede durante anos. Hoje o expulso de mim para que seja a burla de uns e a melancolia dos outros.

Muitos se encontrarão em seus olhos como se encontram no fundo dos espelhos.

Como você é homem, poderia ter sido capataz ou engraxate.

Por que você existe? Mais valeria que não tivesse sido. Nada traz, nada tem, nem dará. Alguns inflam o peito e não querem saber que o inflaram com o vento do vizinho. Todos inflaram o seu peito com o vento dos seus vizinhos, e depois, muito serenamente, cruzaram os braços sob as costelas falsas, como dizendo, "quem são esses pilantras?".

É verdade que você é inútil. Mas o sustenta a mesma razão que um Juan Pérez e um Luis Flores. Pus frente a frente

O vazio da vulgaridade

e

A tragédia da genialidade

e vejo que lhe convém mais a primeira. Sendo ridículo, corresponde a seus valores o sinal matemático – (ridículo), em contraposição ao enorme + que afogará os martirizados por aquela tragédia.

Aos geniais engasga-os o momento genial como o bolo aos engasgados.

É por isto que você é vulgar. Um desses poucos manequins de homem feitos à base de papel e letras de molde, que não têm ideias, que não andam senão como uma sombra pela vida: você é tenente e nada mais.

Acreditaram que esses manequins, vivendo por si, deveriam receber uma seiva externa, roubada à vida dos outros, e que se dava sobre tudo como cópia de A ou B, carnais e conhecidos. Tanto que Edgardo, herói de romance, alma em pena, fareja as madeiras cheirosas dos toucadores, chama à alcova das donzelas e infla o velame do desejo entre os lençóis de linho. Edgardo, herói de romance, martirizado pela perpetuidade das evocações, algum dia amanhecerá pendurado à janela do gregarismo, finalizada pela escada de seda do desprezo. Ficará apenas o fantoche, fugindo cada vez mais sedento da revelação.

Mas o livro deve ser organizado como um texto de sociologia e crescer e evoluir. Há de se estender as redes da emoção partindo de um ponto. Este ponto, intimidade nossa, pedaço de alma posto a secar, enfoco-o em direção aos outros, para que seja desencadernado em um descanso dominical, ou desdenhosamente rode sobre uma mesa descomposta ou no abarrotamento da mesa de cabeceira.

E como o deixo, Tenente? Já arrancado de mim volitivamente, tenho a pressa da perda. Diante de uma ameaça definitiva e indispensável, surge a espera da ameaça, e é tão forte como a espera da namorada.

Quero vê-lo saído de mim. Sem a ilusão visual da infância, você não passará a mão na frente dos olhos, acreditando encontrar a dez centímetros da pupila todo o mundo real atemorizador.

Ir, de braços dados, atento ao desenvolvimento do casual. Fazer o ridículo, o profundamente ridículo, que faz o amo sorrir, e que congestionado dirá, "Mas o que é isto? Este homem está louco".

– Vai – largando o meu braço e com o indicador estirado.

E enquanto você vai, afastar-me na ponta dos pés, fazendo genuflexões, horizontalizando os braços para manter o equilíbrio...

Sozinho.

– Bom-dia, meu capitão.

– Bom-dia, tenente.

E as mãos na viseira, em forma perpendicular.

(Estou sob a ação de toxinas tricocefálicas.)

Bem eretos, as curvas das pernas arqueadas, o peito alto: lembranças de estampas prussianas.

Fortes as batidas dos saltos sobre as pedras e longos os passos, pensam na provável potência de um soco bem dado. Como se sente o influxo psíquico das pontas afiladas e repicantes. Pode-se pôr: o perigoso apoio moral das armas acentua de forma magnífica o vigor das coxas. Esta receita seria insuperável para os que buscam mulheres gordas.

Tenente, você fez de sua alma um nicho para a face grave da sua mãe.

E devendo partir de você, arpão do estático momento interior das caravelas da lembrança.

Tempos de escola:

Sob a vigilância oblíqua dos frades, filas apinhadas de meninos à espera do momento da saída. O "pito" – cuja persistência no cérebro impressionável evocará mais tarde o grito de "Alto!" na Academia –, o pito do Professor ordenava o silêncio. E ao explodir o riso fugitivo de algum moleque, o laico diretor – recém-embebido em sulfato de sódio:

"Você! Passe, passe!"

A receber o castigo da "parede".

Tudo aquilo em brumas; fixo apenas as pernas brancas e arredondadas do escolar castigado. Por que esta reminiscência isolada e inútil? No escolar, o Tenente tem de pôr uma cara semienvelhecida, vista depois, porque a primeira ficou esquecida em algum recanto do crânio. O que não esqueceu, as pernas (mas por que as pernas?), assusta o Tenente como uma faísca inesperada do Catecismo, "Qual é o sinal do Cristão? – O sinal do Cristão é a Santa Cruz".

E nessa mesma categoria, outro momento dos tempos passados:

Por algo, que jamais saberá, recebe na barriga um golpe que o faz estirar a cara e o deixa "seco", termo preciso da infância. O Tenente responde com outro golpe, que deixa também "seco" um inimigo. Imagino as feições pálidas dos pilantras e seus esforços para alcançar a serenidade, evitando ficar "na parede". Agora, atropeladamente, vão buscá-la, evitando ficar "de pilantras".

"No lugar-comum de um serão familiar, sobre os tijolos da sala, esfregava os pedacinhos de pregos que se arrancam das ferraduras. Meu avô, que herdou a ferraria do seu filho morto, tinha me dito que para fazer brilhar aqueles ferros oxidados era necessário esfregá-los nos tijolos. Diante de meu empenho, sob o sofá longo, o fantasma me olhava. Um fantasma acocorado, adornado de vermelho, que foi depois perseguido com longas varas de dúvida pelas tias. Gritei e me emocionei – a emoção é agora para mim METRO GOLDWIN PICTURES, porque não consegui observar esta emoção, e parece com um insistente balanço de peito. Ainda existe para mim esse fantasma, que me olha de dentro, onde o levo.

"Depois foi no quarto de dormir, quando ainda não se acendiam as luzes e já faziam falta. Seria porque me mandavam dormir cedo ou porque estava doente. A cama tinha tomado posse de mim: se repetia tanto esta possessão que agora a odeio, com o horror ao vazio. A irmã de minha mãe, borrão desbotado, saiu levando, ao transpor a porta, um pouco de luz. Voltou ao quarto e sem estar doente a vi como um báculo. Longa e arqueada, apertando a barriga, apaziguando alguma dor. Quando falei em voz baixa tive medo. Quando falei em voz alta me respondeu de fora.

Hoje compus uma canção:

Minha tia saiu
Minha tia entrou...

E ela, alta mancha escura, amplia, quase sobre minhas pupilas, o triângulo dolorido da boca."

Toda esta vacuidade golpeia a testa do homem.

Quem me diz que toda esta bruma, como mãos, não fez a cara que tem hoje?

As pernas arredondadas lhe alargariam o nariz farejante; o golpe na barriga lhe roubaria os músculos; o fantasma lhe alvoroçaria o cabelo; a tia que entrou e não entrou lhe deixaria um buraco no espírito.

O que perturbará o livro com uma profunda sensação de desejo. O desequilibrará com o indefinido que nos obceca algum dia; que não podemos preencher; que desassossega o ânimo; que faz pensar em correr de quatro ou em beber aguardente.

Como todos saturam a lembrança com alguma doçura, é preciso entrar nas suposições, buscando o artifício, e dar ao Tenente o que não teve, a prima dos romances e também da vida, que traz fresco aroma de marmelo. Mas a história não estará aqui: há de se buscá-la no índice de alguma novela romântica e assim teremos que umas mãos brancas acariciaram uns cabelos louros e que o proprietário destes cabelos sentia crescer a malícia desde o couro cabeludo, malícia sonolenta. Esta suposta lembrança, que deve estar nas arcas de cada homem, faz o Tenente suspirar.

Não traz nada de novo e, sendo como todos, é o perpétuo imitador social que suspira porque suspiraram os outros: tem uma prima porque os outros tiveram. O meio lhe oferece a vigilância da igualdade; manda-se que faça a barba e defina o Estado: conjunto social que...

"Caramba, não tenho nem meio tostão e os sapatos estão sujos."

Procura em todos os bolsos. Sabe que não tem nem um tostão, mas procura em todos os bolsos.

"Essa borda branca das anáguas – passa uma mulher – quer dizer que está procurando namorado."

Mas, por que pensa nestas coisas? E claro que as pensa de outra forma, muito mais tola e vazia. Em uma forma indefinida como a cor de um terno velho. Não: melhor é como o que está por ser feito, já que o pensamento não foi vertido, de maneira que é algo potencial e não atual.

"De quem será esta casa?"

Rogo por uma meditação sobre a instabilidade mental.

Todo homem de Estado, ponha-se o mais grave, se surpreende cotidianamente com isto:

"Já é tarde e não fui uma única vez ao *water*."

Esta mescla profana do higiênico móvel que unicamente tem nome inglês e os altos negócios é o segredo da complicação da vida. Por isto a ordem está fora da realidade, visivelmente compreendida dentro dos limites do artifício.

Assim, os filósofos, e historiadores, e literatos, cujo labor adornado, em numerosos semicírculos, trabalham em sua linha reta, à base dos vértices desses semicírculos que se cortam, traçam o arco inútil da vida fora de sua obra e isolam cada ponto aproveitável que depois formará, em união com os demais, o rosário que tem por alma o fio do sentido comum.

Populariza-se o animal das abstrações.

Dado um boticário, *verbi gratia*, faz-se que venda drogas e presida reuniões sussurrantes do lugarejo; só isto. Nos esquecemos que lhe tortura o "bicho de pé" metido entre os dedos, e o mau cheiro dos "sovacos" do moleque, e o peso exato das cebolas compradas pela senhora.

Este mesmo boticário, ao ver seus dedos depois de uma satisfação orgânica, algumas vezes faz o gesto daquele a quem a consistência do papel usado traiu; mas pensa, para seu desencargo, que puderam se ver na mesma situação Napoleão Bonaparte e São Bartolomeu.

Para evitar estas dolorosas claridades, adornou-se a obra na forma antes dita.

Assim, o Tenente sofreu uma fuga imaginativa depois do lago sugerido por aquela pergunta, e vendo as janelas dessa casa, de onde intempestivamente podia sair uma mulher, recordava que era um covarde já que um mês antes encheu o seu quarto de vozes alvoroçadas que sacudiram-lhe o sonho e, tendo saído, deu-se conta que a da frente se retorcia, dava cuspidas e batia os dentes como quando se esfregam ossos. Era gorda; devido ao esperneio levantava as vestes e se viam as suas pernas. Duas mulheres continham-na à força, procurando abrir suas mãos cerradas. Os que estavam com elas foram embora. Então o Tenente ficou pálido e as mulheres desistiram de manter a convulsionada dentro dos limites da moralidade. Havia também uma velha em busca de éter pelos cantos e uma menina que abria os olhos. Esta velha e a mulher feia lançaram os seus corpos atrás de um médico. A outra se sentiu só; mas ele se manteve tragicamente mudo, ainda que a visse cara a cara e ela baixasse a cabeça, cúmplice no motivo do mal de sua amiga, surpreendida com as mãos no divertimento duvidoso.

O resto não importa. Claro que tampouco o fato; só que permanece no espírito do Tenente, amargurado pelo exame de sua situação diante daquela com quem poderia estabelecer um laço afetivo, inevitável pela especial aproximação que nasce quando duas pessoas se encontram em qualquer estado íntimo.

A afeição emanara: da possibilidade – levantava-se ao redor dela um insistente humor amável – de se terem dirigido em outras ocasiões olhares prolongados; das mesmas circunstâncias já referidas, predisponentes: um homem entra de improviso na vida íntima das amigas que se encontram a sós, depois de ter-se divertido com outros homens, e que solicitam a ajuda daquele, dando-lhe uma parte de familiaridade e aceitação.

Além disso, ela franqueava sua ingenuidade: "Veja como SÃO covardes. Como ELE já conhece e viu que viriam os ataques, saiu em busca do doutor e não retorna."

O SÃO pode estar sujeito a considerações. Excluía o Tenente do denominador comum de covardes? Ou este SÃO, aplicável ao gênero homens, colocava-lhe em um lugar especial, íntimo ou duvidoso, assim como entre laicos se fala dos frades ou entre sapateiros e alfaiates dos prestamistas: "são santos", "são bons", "são maus", "são uns canalhas"?

O Tenente meditava, concentrando-se, e depois tinha que se contrair ao caso, com toda sua condolência; inquiria e assegurava: "Parece que bebeu um pouco. Isto é preciso evitar. Deve ter excitado o seu sistema nervoso. Certamente ocorreu-lhe o mesmo outras vezes."

Acrescentava mais nimiedades e, dono perfeito da análise mas não da agradável conveniência, envergonhava-se de sua frustrada cortesia, contra o que lutava sem possível triunfo. Talvez seja mais próximo para o leitor o caso igual do bêbado que, compreendendo que age mal, não consegue agir bem por mais que o tente.

Não disse nada àquela mulher. Depois, tinha-a encontrado muitas vezes pela rua e a inquietude lhe corroía, porque todos a consideravam boa.

Não sabia tornar aproveitável uma circunstância cheia de facilidades.

Desde pouco antes era empregada dos correios. Certamente, complicações com o Ministério. Toda uma lição de amor nesse emprego. Se contentaria dali em diante em ir ao guichê dos correios e ser atendida antes que outros, sem o incômodo de dar o nome. A correspondência viria acompanhada de uma risada sacana.

E em se tratando disto, os exemplos de mulheres que passam, andam fazendo ruído como um batalhão.

A intimidade está prazerosamente cheia do desejo da mulher. Com elas, vem o "para quê?", ou a indiferença, ou o descuido, ou o considerá-las, apesar de que tenha chegado o momento propício, distantes mesmo em sua proximidade.

Então é preciso recorrer ao EMPTIO-VENDITIO, que desmorona a vida insensivelmente.

Esta é a lição do amor.

Aquele desejo insatisfeito fez nascer a ideia de que, de uma das janelas dessa casa, de dono ignorado, podia surgir uma mulher. Mulher de domingo, diferente das outras, que parece ter tido a cara lavada no descanso especial de domingo.

Surge a vertente imaginativa, à base do suposto ridículo. Isto como qualquer outra coisa.

"Se saísse a mulher que espero...

Me sorriu. Oh, isto vai muito bem!, a mão na viseira. A batida cardíaca que é a cortina que se levanta diante da alegria. E hei de me aproximar para lhe falar. Mas o que é que eu digo?...

– Bom-dia... Você é muito linda... Me perdoe o atrevimento de que lhe diga estas coisas sem ser seu amigo?

– Por que seria atrevimento? Estou encantada, Tenente.

– Você é muito amável... Você viu como está linda a manhã?

– Como? O que disse?

— Que está muito linda a manhã.
— Ah!, sim, muito linda... Mas, por que não entra? Entre um momento, Tenente.
— Você é muito amável...
— Entre...
— Oh, isto vai muito bem!

E como parece que os velhos saíram, nos sentamos comodamente. Esta vida é açucarada. Beijo-a e me beija. Os seus dentes são pequenas taças de chá e estou encantado de passar minha língua pelo esmalte novo. Como lhe ardem as bochechas, suavizo minha epiderme neste novo braseiro de amor. Abriram-se os claros postigos de seus olhos e vejo-lhe a alma assustadiça. Postigos abertos para mim! (A terei todas as tardes e enquanto fume me acariciará as mãos. Será magnífico estar com ela enquanto chova. Se leio, me passará os dedos pelo cabelo. A tênue malícia que surge do couro cabeludo! É a voluptuosidade que nasce do final afilado dos dedos.)

Micaela ou Rosa Ana.

A vida que se alarga assim une as desagregadas partículas do espírito e distende os músculos como um descanso sob a sombra. No campo é bom abrigar-se sob a proteção das laranjeiras. Micaela ou Rosa Ana. Mulher de domingo que espero. Hei de fundir as mãos em seu carinho como entre as dobras das mantas de lã. Como estou cansado da vida inútil, prefiro a picardia de seus olhos. O prazer que acelera o impulso cardíaco desinfetará meus pulmões e limpará minhas veias do barro desta vida nova.

Assim nos acocoramos e acalmo esta secreta sede.

Mas, chega o marido... Não; não estará bem que seja casada... ainda que tampouco estaria mal. Ou chegam os pais. Quem são os pais? Fora! Siga este sonho dominical e romântico que também, como a realidade, apaga minha sede. Compro-lhe ricos brincos para excitar a sua alegria cinemática. E o círculo pequenino, que é quase um ponto doce, de sua boca, se aproxima de minhas bochechas magras. Me deita para estreitar o porto cálido dos seus braços; se escorre por mim, roçando os seus seios sobre o meu peito, tanto que aviva e exalta esta paixão escondida.

Bom, vi tudo isto na tela; precisamente porque o vi, traça esta parábola a partir do ponto invisível da lembrança.

Também vi a imprescindível complicação amorosa de um terceiro, mas não estando o meu espírito apto para a intriga, imagino a este princípio de amor um final de filme que prolongará nos bons espíritos a ideia da felicidade. Então estarei certo de meu sorriso representativo do bem-estar e de ter promovido nos demais um igual sorriso, se eles não são avantajados e céticos.

Docemente me deslizo ao longo destas paralelas infinitas..."

E o Tenente havia andado mais de dois quarteirões quando o golpe do pressentimento levou os seus olhares para a terra, a pouca distância de seus pés:

Um pequeno papel, sujo, enrugado, como que acocorado no pavimento.

Mais rápido que um professor de ginástica sueca, "nosso" Tenente pegou esse papel, retendo-o na mão fechada.

Depois seguiu andando, dissimulado, interrogando com os olhos se pertencia a alguém o seu pequeno segredo. Dissimulado "como quem não faz nada". Não estava sob o domínio do seu eu que lhe desse um forte golpe no coração, de maneira que, roubando-lhe primeiro o sangue da face, devolvendo-o logo em violenta afluência, apressasse o ritmo em estranha para os demais e conhecida para ele taquicardia emotiva. Perdia o controle deste caprichoso órgão, cujo sentido espiritual perdeu terreno com o avanço do tempo: cinquenta anos antes presidiu as atitudes amorosas ou os altos graus anímicos de emoção; agora, profundamente incompreendido, se anima diante de baixas mudanças da normalidade. Uma vulgar e real alegria que desequilibra todo o sistema circulatório, pela simples ninharia de se encontrar um sucre – papel – no meio do poeirento empedrado da rua. Aquele pequeno conglomerado azul era uma simples dejeção bancária, representante do valor de uma série de necessidades a satisfazer por cem centavos.

Nosso Tenente tinha ficado pálido e vermelho como diante de uma mulher. Porque isso representava nele um triunfo incalculável; o triunfo de quem teve os sapatos sujos e o bolso vazio.

Então, com uma lógica de texto, os números ocuparam modestamente seu espírito.

Assim:

Para engraxar os sapatos	S. 0,10
Para ir ao cinema	" 0,60
Para cigarros	" 0,30
Somam	S. 1,00

O simples plano de contabilidade formado pela exatidão numérica impressionava o seu cérebro em perspectivas e, ainda que não se desse a justa conta disso, podia ver em primeiro termo os números, bem gravados e gordos; em segundo termo as letras, o motivo.

A virtude das operações foi deslocar o sonho sentimental; posso agora comparar este com um pouco de água em um recipiente, aquelas com um corpo denso que afunda e transborda a sentimentalidade.

E o desvario operava tão insistentemente no infinito fundo imaginativo que a "louca da casa" deu um salto leonino.

Pode naturalmente o achado de um sucre – que neste caso havia aparecido como que pisando os calcanhares de uma divagação amável – levantar a ambição metálica de um homem.

O incondicional é inevitável:

Assim como "Se a mulher saísse...", a louca da casa pôs "Se tivesse um milhão de sucres".

O que bastou para que o gato familiar desenovele a madeixa inesgotável.

"Um milhão de sucres, bem administrado, é suficiente para tornar viável a vida de um homem. Deem-me um milhão de sucres e suprimo os suspiros. Não morreriam as amadas. Não cantaria a fonte a monótona canção da água.

Vamos ver: um milhão, a um por cento mensal, dá um lucro de dez mil. Com dez mil sucres tenho para montar uma casa régia, cheia de... Haveria muita fumaça e os amigos beberiam vinhos centenários. Posso colecionar tudo o que se tenha escrito sobre a Revolução Francesa.

Bom, em Paris, a cinco francos o sucre são cinquenta mil francos. Com cinquenta mil francos... acho que mais ou menos pode-se ter para o mesmo.

Uma babilônia de homens melenudos.

Oh, sim, em todo caso seria melhor... 'Pesam-lhes as roupas e não sabem o momento de se aliviar...' Tinham-no dito e a lembrança apareceu nesse instante.

Será muito cômodo isso de estar alegre, sobre almofadas e ao amparo da temperatura doce; muitíssimo mais se faz frio lá fora porque a ideia egoísta nos dá maior bem-estar aparente..."

Então se afogava em uma infinidade de divagações, abandonando-se, como todos nos abandonamos, às consequências do sonho milionário.

E a primazia do sonho sobre os seus atos inutilizava-o, debilitava-o como um banho quente. Todo o tempo estamos pensando na lisonja da riqueza; mas como somos homens sem energias, descansamos muito nessa lisonja, e as necessidades apertam.

A loteria é o fácil.

Mas o arco da vida se enferruja no descanso: quando um momento desesperado levantar nossa vontade vigorosa para esquentar esse arco, a força de coesão não será suficiente para conter a explosão. Dia cheio de bocejos, molécula dissociada.

Devemos acomodar nosso espírito para a recepção dos tonificantes: Orison Sweet Marden e o carrancudo Atkinson.

O romance se derrete na preguiça e gostaria de fustigá-la para que pule, grite, corcoveie, encha de atividade os corpos flácidos; mas com isto me poria a literaturizar. Estas páginas desfilam como homens encurvados que fumaram ópio: lento, lento, até que haja uma nuvem nos olhos dos curiosos; galope desarticulado pelo "ralenti" nas revistas de cavalaria de Saumur.

Nosso Tenente gostaria de ter, na realidade, um cavalo assim, que ao dar o salto decomponha seus movimentos em tempos invariáveis e desmaiados. Seria o mais cômico e distinguido do mundo. Além disso, uma maneira segura de conquistar a celebridade. Seria conhecido no último recanto e as amigas poderiam lhe dizer:

"Ai, que precioso é o seu cavalo; cada vez que o vemos nos lembramos de você" e outras coisas apropriadas.

Mas o que atualmente necessitava não era de um milhão de sucres nem da imagem que tinha dos cavalos de Saumur, senão de duas mesas mais ou menos boas e umas quatro cadeiras para deixar o quarto decente. Se pensasse em elegâncias seria em comprar uma pantalha azul para a luz e uns tapetes "fofos", cúmulo do ideal romanesco.

É preciso supor que não tivesse lar e vivesse sem nada e debaixo de marquises.

E a satisfação dessas necessidades implicava um desequilíbrio orçamentário no homem morto e inativo, eterno parasita avolitivo. Pelo que a vida lhe fincava as garras no peito e pressionava sobre ele de maneira a aperfeiçoar a fórmula "deixar fazer", causa da ruína individual.

No viés da vida mental agitada, desorganizada, paradoxal, se estirava o bairro de

São Marcos

cujo nervo central, rua estreita, havia desenvolvido com seus pequenos acidentes diversas disposições emotivas. Na ponta dos pés sobre a cidade, o seu plano seria um couro estendido a secar. São Marcos: uma longa prolongação sobre uma inflada rugosidade do solo. O mais curioso é o seu campanário, sob um telhadinho de zinco, encostado à parede da igreja velha.

Do final da rua se pode ver parte da urbe:

São João
A Chilena   São Blas

em idêntica disposição.

Naturalmente, não falta em São Marcos o respectivo quadro mural. Ninguém sabe por que neste quadro mural incrustaram um pequeno espelho: pode se pensar que é um olho que olha ou uma claraboia que nos traz a manhã do outro lado. Um santo, como sempre. Nesta cidade as muralhas são devotas: não se pode evitar o encontrão de um símbolo. Exemplos:

A Cruz Verde
A esquina das Almas
A esquina da Virgem
A Virgem da Colina Pequena

O Senhor da Paixão (sentado na porta do
Carmen Baixo para que lhe beijem os pés)
e outros muitos que esqueço.

Oh, isto seria muito alegre para o romance em que houvesse lua de mel ou, depois de uma grande tragédia, doce e pacífico capítulo:
A cidade vista de São Marcos havia tratado de luzir as suas casas brancas. Especialmente em São João tinha festa. A luz das nove era uma lente que jogava as casas em cima dos olhos. Precisamente, como nessas paisagens novas: as cores claras que aproximam o objetivo volumoso, que toca com a pressão das mãos. E como este último bairro subia pela colina, o ascenso lhe dava mais caráter de suspensão: objetos pendurados nas gruas dos portos.

Aqui os romances trazem meditações longas: por exemplo – e sem dúvida o mais apropriado – o considerar aquelas vinte mil alegrias madrugadeiras abrigadas sob os telhados vermelhos. Crianças e mães jovens; avôs rosados; pão fresco no desjejum; alguma ou outra carícia para tornar mais amável o tempo; tranquilos bocejos de descanso na cola do trabalho semanal.

Se houve anterior emoção erótica: turbulenta suposição da infinidade de orgasmos que se perpetrariam, mais ferozes se menos impunes. Aqui o ambiente é cálido e lógica a visão de muitos olhos desmaiados pelo trabalho da noite.

Porém, se ocorreu a pancada da economia, se terá a colérica imagem de homens esquálidos de fome, de caras amarguradas pelo egoísmo, ciúmes e raiva; se ouvirá o gutural ruído: "pan! pan!".

O Tenente, esquecido do romance a ponto de parecer insensível, é uma tábua rasa em que a emoção nada escreveu. Se sentia algo satisfeito, nada mais. E gozava com o frescor. Recordou: "A manhã era tão clara que dava vontade de correr, pular e mesmo de se sentir feliz. Abriu a janela e o ar lhe proporcionou um alívio. Respirou a plenos pulmões... etc." E respirou a plenos pulmões, devido a esta sugestão da lembrança. Também ele. Claro, se crava na gente a velha frase do livro e o ar nos produz um benefício até literário. Sucede que muitas vezes nos emocionamos porque chega o caso de atender a emoção adquirida em uma página e que temos guardada até que circunstâncias análogas a revelem como se fosse muito nossa.

Respirou a plenos pulmões e guardou as mãos nos bolsos da calça. Guardou as mãos... isto tem entonação de prestamista, mas foi assim. É preciso colocá-lo porque nos dá o caráter homem.

Uma ideia súbita: um militar não deve ter as mãos nos bolsos. Tirou as mãos dos bolsos.

Abundância naturalista: fuçou as narinas com o dedo mindinho. É um detalhe; mas a primeira coisa é a observação.

Deu meia-volta e desandou a rua.

– Olá, Tenente B.

Casualmente, eis aqui o sujeito que pode fazer uma narração.

"Trazido pelos cabelos", mas temos de confessar que não existe um homem que não tenha sido trazido pelos cabelos.

O Tenente B é um amigo de nosso Tenente.

Deram-se as mãos.

– Como vai?

– Como vai?

– Como vai essa vida?

– Bem, e você?

Etc.

– Escute o que me acontece.

– ?

Estava com olhos de bom tempo.

– Ontem estive com ela.

– Sim? Me conte.

Tenho de pôr os leitores a par do que foi dito. Ela – perdão pelo desconhecimento da faculdade penetrativa – era uma mulher que mantinha assuntos amorosos com o Tenente B. Uma compreensão visual. Começou com o tempo, porque o amor é eterno. Cumprimentavam-se e sorriam. Ela se casou com um advogado de cor. Bom negócio. Um qualquer, uma qualquer; mas ele era jurisconsulto. É claro que está dada de antemão a beleza dela. Magníficas curvas; cor admirável; olhos negros e movediça picardia.

Este é, restaurado pela "literatura", o relato do Tenente B:

Passei o dia de ontem de mau humor até as quatro da tarde (interessantíssimo). A esta hora me disseram: "Hoje o doutor não estará em casa; disse que o esperava." Imagine. Fiquei duro e dei uma magnífica propina. Depois voltei a ouvir, por dentro: "Hoje o doutor não estará em casa; disse que o esperava", e fiquei pálido. Tremiam-me as pernas. Era a primeira vez que recebia uma comunicação amorosa Dela. Quando os enamorados recebem um bilhete (por quê, Tenente B?), leem-no uma e outra vez; eu ouvia insistentemente o convite. Este prolongava minha receptibilidade auditiva como um bom manjar prolonga o seu sabor agradável nos órgãos do gosto. (Note-se bem que estas coisas o Tenente B nunca disse; são um reboco literário, as especiarias da má comida.) Talvez fosse o caso de duvidar um pouco; mas conhecia bem o recadeiro e pus o boné. As notícias nos deixam mais alegres quando são verbais (outra generalização, acentua-se o nosso modesto sistema romanesco); será porque se estabelece uma espécie de cumplicidade entre a pessoa que as traz e nós. A insensibilidade do papel contribui para diminuir o prazer que devemos sentir, ou a dor em seu caso. Esta me parece que é a razão pela qual se costuma dar as notícias trágicas mediante bilhetes e as alegres, ao contrário, de viva voz. (Páginas imortais!) "Era tanto maior o meu prazer em função de que dias antes a tinha considerado perdida para mim; o seu matrimônio era um abismo." Se "apoderava" de mim aquela forma de alegria que nos deixa leves e nos convida a dar esmolas generosas aos pobres. Pensando em coisas boas, o caminho se tornou curto e quando menos esperava já estava na sua casa. Aguardava-me com os braços abertos. Imagine a loucura que seria. A gente se abraçava e se beijava como desesperados. Os seus olhos acesos me davam medo. Depois entramos em um salãozinho e ficamos ali falando por cerca de duas horas, muito delicadamente, lembrando-nos de tudo o que havia acontecido entre nós antes de agora; e dizendo-nos tudo o que nunca tínhamos dito. Pobre moça, caramba! É muito boa e tem braços muito brancos. Francamente me dava pena a sua situação; deve passar uma vida de demônios com o marido. Tinha que ver a sua alegria por estar uns momentos comigo. Mas não acabei ainda; aqui vem o trágico: estávamos como lhe conto quando ouvimos umas batidas na porta. Entreolhamo-nos: éramos uns cadáveres.

– Ele!
– Ele!
E me levantei de um pulo.
– O que faço?
– O que fazemos?

— Deus meu...

— ?

— Esconda-se.

E saiu muito alegre.

Eu fui um réptil debaixo do sofá.

Claro, não tinha medo; mas por ela, por ela.

Depois ouvi vozes: falava o irmão dele. Oh, tenho bem conhecidas todas essas vozes. Um longo silêncio afora, enquanto aqui dentro, no peito, havia um bulício endemoniado.

Vieram uns passos miudinhos e me pareceu ver a irmã dele, com sapatos de saltos baixos, procurando alguma coisa. Extraviou-me o pensamento.

— Olá, olá – disse, encontrando-me.

Meu coração ficou atravessado na garganta.

Mostrei a cabeça. Era ela! Transformada, pois tinha posto roupa de casa, para demonstrar intimidade.

— Já o despachei, não se assuste.

Imagine, homem, imagine. O princípio. Estávamos que nos comíamos.

Claro que tive de sair às oito porque não foi possível que ficasse. A tarde que passei!

Esfregava as mãos e movia os olhos até arrancar faíscas. Tinha um barril de alegria por dentro, como se fosse um barril de vinho.

Mas o nosso Tenente ficava com o ego agitado com estas narrações. Era capaz de mover as suas omoplatas como as dores nas costas e de fazer o gesto unilateral que aproxima uma comissura da boca à cartilagem correspondente.

Em especial porque o Tenente B era um viciado na primeira pessoa do singular; a cada instante surpreendia-se dele: eu sou, eu estava, eu era etc. etc., e como ao nosso tampouco lhe desgostava a fórmula, não havia tempo para que se entendessem. Então: tão amigos, não; a cada um instigava-lhe um ponto de aversão que ficava guardado sem dizê-lo e que, existindo, não incomodava tanto que pudesse aparecer, pelo ressarcimento que proporciona a vizinhança de alguém que nos diga algo. Além disso, alguns pontos de contato, igual número de estrelas e igual vestimenta, os aproximavam.

Com a carga do amigo ao lado – é uma carga porque quando nos encontramos com outro é necessário pensar nas coisas dele além das nossas – continuou ocupando a sua desocupação. Andar para matar o tempo, para esperar que desse meio-dia (nos demais casos se porá outro número), hora capitalíssima na vida de um homem que não tem o que fazer, hora do almoço; depois da qual se lutará para matar o tempo à espera das sete. O homem comum gira em torno destas duas horas e todos os seus negócios e operações fazem referência a elas; assim nunca diz "às duas" ou "às nove", mas "depois do almoço", "antes do almoço", "depois da comida", "antes da comida". O tempo, para nós, comeu só uma vez; o ano I da E. C.

Ainda que também o amigo nos distrai e é causa de uma fuga de concentração, perdemos o fio do que obstinadamente tínhamos no cérebro, importante ou estúpido, mas obsessivo...

Bem: os dois Tenentes matavam tempo.

E como dentro dos acidentes da vacância pode se apresentar qualquer canto, apareceu

A Ronda

o bairro clássico dos gemidos.

Quando se escreve "A Ronda" todos imaginam uma capa espanhola e até se chegou a pensar em serenatas com violões e em palavras hediondas de bêbados. O olho da ponte olha a rua estreita. Há um definido sentimento do anacrônico diante da ameaça de um homem moderno, que passara fazendo-se de lado para que a intimidade das casas não manche a sua roupa ou o deixe emparedado entre pinturas de escravos. Agora o bairro morre; vem para cima "O Recheio" que modernizará a cidade, porque alguns se cansaram das ruas antigas. E, reagindo contra "O Recheio", alinharam-se os chorões e os neo-chorões. Todos são um pouco ridículos.

Os chorões são os legitimamente feridos. Velhos, fiéis ao velho. Deitam uma lágrima gorda e, como crianças, esfregam os olhos com o punho, protestando desconcertadamente contra as mãos criminosas e profanas que roubam o característico da cidade. Estão sinceramente boquiabertos diante dos dejetos dos outros séculos. No entanto, "O Recheio" vem para cima.

Os neochorões são os revolucionários, do lápis e da pena. Fizeram malabarismos com as palavras ou retorceram as linhas, mas por cima da base das lembranças. Estas ruas que são como lembranças desequilibraram o seu espírito. Fazem coisas novas do motivo velho, e assim estão atados à tradição, gesticulando no ar. Parece que tentaram um desprendimento e suas lágrimas são gotas de suor, arrancadas pelo esforço. Não compreendem exatamente o disfarce. Mas desprezam os chorões e mostram-lhes os dentes. Estes também mostram os dentes aos neochorões. Oh, que glória, todos se mostram os dentes.

Francamente, não compreendo sua emoção.

Seria preciso averiguar se o subúrbio tem uma beleza intrínseca ou se a série ininterrupta de exclamações românticas encaminhou nosso espírito a acreditar que tem. Tanto se falou o mesmo que o primeiro homem que aponta na esquina – sempre está provido do "suficiente dote de cultura" – pode e deve admirar-se:

– Oh, isto é uma maravilha.

Escondidos atrás dos postigos das portas há uma infinidade de epígonos que, a uma sua declaração, sairão a bater palmas. Nossos saguões, aparentemente desertos, estão povoados de fungos.

Na verdade, pode ser muito pitoresco que uma rua seja ondulada e estreita a ponto de não dar passagem a um ônibus; pode ser encantadora por seu cheiro de urina; pode dar a ilusão de que transitará, de um momento a outro, a ronda de tresnoitados. Mas o asfalto está mais novo e grita ali a força de milhares de homens que ralaram pelo pão de cada dia. E como canta ali, dinamicamente, a canção do progresso; como há um torvelinho de vida, devemos nos sentir melhor em nossa corrida atrás do bonde do que ouvindo o eco das pisadas no tubo da rua.

Os neochorões acreditam na sua liberação sem ver que são escravos do passado. Somos e não somos porque é muito cômodo o descanso sobre o que se conquistou; assim se paga o que nos deram e despovoamos o presente. Sempre com a cara para trás!

– Oh, isto é uma maravilha.

O ruim é que nossa admiração é improdutiva e que, se nos dedicamos a rebocar o que cai, a fazer a limpeza do que construíram, seremos ridículos diante de nossos filhos.

E dirão de nós:

"Os escudeiros de nossos avôs."

Ou:

"Os mestres remendões."

Muitos sábios barrigudos deste tempo trabalham com afinco, "como negros", para conquistar o glorioso título de mestres remendões.

Os Tenentes sapateavam pela Ronda.

Da beleza da Ronda não havia por que se preocupar.

No mais, era estar atento a um provável sorriso acolhedor que podia iluminar uma janela.

E se lhes visitou a mania da lembrança como a todos os heróis romanescos, despertar a movimentada aventura ocidental, durante o tempo da caça de homens nas comissões militares. Como aquela da costa, em que, quando os criminosos alinhados a bordo tinham perdido o alcance da praia, nos primeiros clarões, depois de lhes atar ferros aos pés, Mestre Luzes gritava do fundo da goela:

— Desenrolar a boça,

e um marinheiro seguido de um homem esperavam o disparo do sino, a cujo aviso um único golpe ressoava no mar; o mesmo que, nas primeiras vezes, ficava ressoando longo tempo no espírito com a visão atormentada dos afogados.

Pelo menos, nesta história do mar fica alguma sensação transparente: "Mestre Luzes", o homem que dava a voz, por sua denominação no barco.

Mas se vê ainda um homem suspenso em uma árvore, submetido ao suplício de perder as suas falanges e membros um a um, enquanto recita o seu conselho ameaçador: "Matem-me, matem-me, porque se ficar vivo..."

E a cilada de deixar os presos fugirem uns quantos passos, para estendê-los a tiros no campo.

Tudo isto viu o Tenente B e pôde referi-lo outra vez.

Os tenentes foram comer no Cassino; mas, em um momento de despeito, puderam ir a um restaurante, para aperfeiçoar o domingo.

Se tivessem ido, digamos ao "Condor" por exemplo, teria este motivo:

Encontrariam, irremediavelmente, dois homens do Norte, que conversavam coisas de seu lugarejo.

– Garçom! Garçom! (Isto é dos Tenentes.)

O posterior é conhecido.

Isto também, mas ponho:

– Ah, me encontrei pois com o Antônio, adivinha onde. Pobrezinho!

– Onde?

– No manicômio.

– O quê, está louco?!

Estar louco, como estar Tenente Político, Mestre de Escola, Pároco. Pode-se também estar bruto sem maior surpresa da concorrência.

Ah! Agora que falamos de loucos, nosso Tenente recebeu uma carta significativa, profunda, que pode desencaixar qualquer um. Recebeu-a faz uns oito dias.

Estava escrito:

Meu querido senhor Tenente.
       Na cidade.

 Esta tem por objeto saudar-lhe e saber de sua família.
 Contarei a você que os serviçais do Sol são inúteis. E nada mais.
 "Contarei a você que os serviçais do Sol são inúteis."
"Contarei a você que os serviçais do Sol..." O que quiseram me dizer com isto? Por que puseram "serviçais"...?
É do manicômio ou os meus amigos estão de sacanagem. Ha, ha.
 Não faz nenhuma falta o menu.

Direi algo da noite, que eriça os nervos dos desocupados. À noite se espera como uma visita inevitável à qual é preciso fazer inclinações de cortesia, a que não nos diz nada, a que nos faz bocejar dissimuladamente, a que é o broche de uma jornada exaustiva.

Com efeito, a noite é vazia depois de um dia vazio.

Como a noite se fez para olhar as janelas das casas, quando já se fez isto durante o dia é da mais completa inutilidade. Obrigatório descanso depois do descanso.

Novo pesadelo de lugares nos ameaça e estaremos obrigados a sofrer a sua representação diante de nossos olhos.

O Tenente, mãos nos bolsos, matava tempo até a hora imposta de "não ter o que fazer". Talvez à espera do momento iluso em que uma novidade imprimisse novo ritmo à vida. A renovação não chega nunca e esta espera é uma contínua burla para a trama romanesca que nunca daria motivo para um livro se não se pusessem a mentir com afinco, impondo-se as suposições não como tais, mas com uma aparência tal de realidade que enganava o próprio mentiroso.

Já chega o toque de morte. O romance realista engana lastimavelmente. Abstrai os fatos e deixa o campo cheio de vazios; dá-lhes uma continuidade impossível, porque o verídico, o que se cala, não interessaria a ninguém.

A quem vai interessar que as meias do Tenente estão rasgadas, e que isto constitui uma de suas mais fortes tragédias, o desequilíbrio essencial do seu espírito? A quem interessa o relato de que, pela manhã, ao se levantar, ficou vinte minutos na cama cortando três calos e ajeitando as unhas? Qual é o valor de conhecer que a unha do dedão do pé direito do Tenente é torta para a direita e grossa e enrugada como um chifre?

Ocorre que foram levadas em conta as realidades grandes, volumosas; e se calaram as pequenas realidades, por inúteis. Mas as realidades pequenas são as que, acumulando-se, constituem uma vida. As outras são unicamente suposições: "pode se dar o caso", "é muito possível". A verdade: quase nunca se dá o caso, ainda que seja muito possível. Mentiras, mentiras e mentiras. O vergonhoso é que dessas mentiras dizem: lhe dou um compêndio da vida real, isto que escrevo é a pura e nítida verdade; e todos acreditam. A única coisa honrada seria dizer: estas são fantasias, mais ou menos douradas para que você possa tragá-las com comodidade; ou, simplesmente, não dourar a fantasia e dar entretenimento a John Rafles ou Sherlock Holmes.

Embusteiros! Embusteiros!

Mas não; não tem importância. O que quero é dar transcendentalismo ao romance. Tudo está muito bem, muito bem, muito bem. "A arte é o termômetro da cultura dos povos." "O que seria de nós sem ela, único dissipador das penas, oásis de paz para as almas?"

"Deus é um ser perfeitíssimo, criador e soberano Senhor do Céu e da Terra."

O Tenente, com as mãos nos bolsos, procurava fazer alguma coisa pelas ruas, como calcular o preço das casas e contar os chapéus-coco postos à vista.

E uma ideia súbita, já que somos seres de repetição:

"Um militar não deve andar com as mãos nos bolsos", acompanhada da reação contra a decadência inconsciente da vontade: a curvatura das costas, o arqueamento do peito.

Dentro da noite, uma escondida força arrastou-lhe pelas ruas escuras.

Perfila-se a visão do

Prazer
e os homens de olhos brilhantes

Poucos, ensimesmados, sinistros, com o olhar fixo nas casas bêbadas.

A bebedeira das casas é algo profundo, que não sai mas se adivinha. Constituem-na as exaltações de dentro. É evidente que todas elas devem tomar uma grande bebedeira, revelada pela iluminação de uma janela com luz de vela ou por uma risada especial, conhecida até a saciedade e que vai sacudir o desejo. Acredita-se que detrás dessa risada irá uma palmadinha no glúteo. Som amplo, cheio, de carnes gordas.

As luzes necessitam de umas frases próprias: sempre provêm de uma vela espirrada, de faísca pegajosa, e como o vento entra pelas fendas e assoalhos, nas janelas titilam, se agacham e gritam. Quando a fachada está negra, pela porta da rua se vê uma facada clara no pátio pantanoso. Facada que é fixa e certeira. Desaparece e aparece, conforme a porta trague ou vomite um homem. Sempre há alguém que espera as turmas à porta. Quando excepcionalmente não há, deve ser dolorosa a inquietude lá dentro.

Os que andam por estas ruas se encolhem em si mesmos, à espera da hora necessária de vergonha. Nos olhos deles alguma coisa brilha. Eu tenho sobre a minha mesa uma coruja negra, com olhos de cristal amarelo claro. Os que andam por estas ruas guardam entre as pálpebras cristais amarelo claro. Empedernidos como burros babam pelos beiços a erva do amor, esperando o momento da descarga do desejo.

Se não chegou o momento propício, terão para ruminar a sua desgraça triste.

Cada cidadão fez a mesma coisa. Pobre cidadania! Pior para aquele que não sofreu o acompanhamento que rói as unhas enegrecidas pela higiene do caso.

A visita aos

Bairros baixos

dava a exata significação destes movimentos incessantes, materiais e espirituais, que deixam um sedimento no ânimo.

Visitados pela curiosidade, por fim trazem o milagre do desejo, obrigação contra nós que nos perseguirá até ser satisfeita.

De um salto, as lembranças foram ao Tenente. Essas escadas que levam a rua afluente a uma porta negra! Escadas características, de tijolos, e sebosas pelas carícias das mãos dos moleques; demolidas e maltratadas, por onde é preciso subir no tato; inquietantes porque parece que o crime está atrás da porta; desavergonhadas, dando ao que sobe um gesto divertido e uma couraça contra o asco e a sujeira.

O sebo não impressionará adiante nem fará ruborizar o encontrão improvisado com a de todos; antes disso, se dará a mão a ela na via pública, por mais que a categoria Dela lhe tenha sujado as meias e os salientes encaixes das anáguas. A que fez tremer por magra, por enrugada, por verdosa; que tem um reboco de pintura, como nos deu a exaltação, nos acostumará tanto que deixaremos a decência pelo sabor da mulher conhecida. O sabor da mulher conhecida que afunda na gente progressivamente, fazendo-nos cavilar, projetar e acender a ilusão. De maneira que vacilamos diante de outra pelo aviso intuitivo do fracasso e porque a primeira é tão dócil que vai atrás da simples piscada; não se apresenta com ela a carga da declaração e do trato. A declaração e o trato!

Lá dentro está tudo tão sujo e emocionante. Há uma verdadeira agência de carnes velhas. Muitas camas e muitas vozes. Não importa que os vizinhos conversem ou riam ou que haja bêbados hediondos.

– Quieto, bruto!

E outras exclamações.

Emocionam sobretudo as crianças, jogadas como trapos; adormecidas, com a pele suja ao ar livre. Candidatos, candidatos.

Filho da alcova exaurida; filha da agência humana: sua mãe o jogará na rua.

Você será ladrão ou prostituta.

De fome você roerá as próprias carnes.

Algum dia a raiva o encurralará e, não tendo coisa mais brutal a fazer, vomitará sobre o mundo os seus dejetos. Será bom que devolva os empréstimos usurários; dejeção de uma dejeção, que é como o montante nas operações de contabilidade.

Depois dirão: amor e bondade. Que amor? Que bondade?

Claro que andam por ali oleografias santas. É para elas o seu objeto de devoção. Quando o Arcanjo Gabriel e o Mártir Sebastião forem às traparias, sapatearemos. Oh, sapatearemos! Mas, por que a maior porcentagem de oleografias nos bairros baixos corresponde ao Arcanjo e ao Mártir? Não deve ser pela indumentária, nem por Lúcifer, nem pelo tronco da árvore. Enfim, vá saber. Deve ser porque na segunda-feira atropelaram um cão.

Lari, lará

O Tenente, a caminho de Pereira 57 (ao saguão), escutou passos atrás de si e voltou-se para ver; como não havia ninguém seguiu andando com cuidado. Outros passos...; então teve medo. O que começa com a inquietude, que é como se mordesse os calcanhares ou batesse o frio no rosto. Graduando, aumentando, como que suavizando os músculos para a corrida. Que frio! Este sopro é uma coisa desagradável; incomoda as costas e faz encolher os ombros.

"Eu tive uma vez um cão turco... Nesta escuridão não se pode ver que horas são... Ontem de manhã um homem ficou louco... Se eu ficasse louco!" Há aqui uma descarga formigante que se prolonga da cabeça até as unhas.

E cada vez as suas pernas eram mais ágeis. Fechou a porta de repente, com o último tremor, já livre dos cornos do diabo ou das costelas brancas do morto.

Mas depois pensa: "Bom, e eu por que tenho medo?" Claro que por nada, que se saiba. Só que a sua evidência fustigou as coxas sem misericórdia e nos resta a violenta contradição cardíaca para ainda eriçar nossos cabelos.

Lá dentro parece que o perigo se acabou. Sai a casaca com muito sossego. De onde sai a casaca? Oh!

E como a cama estava desfeita e os lençóis estariam frios e não havia ali a quem dizer:

— Olá, como vai essa vida? Como passou o dia?
e dar-lhe um beijo e obter uma ou outra carícia, o Tenente, que era essencialmente familiar e casamenteiro, começou a dar suspiros: Caramba, se tivesse ali uma mulherzinha.

Bom, no fim das contas, em resumo, se falou da espera da mulher. Não terá nunca a mulher única, que convém a nossos interesses, que existe e que não sabemos onde está.

A espera da mulher

Um bocejo. Depois do bocejo, o sono.

Agora me vem uma observação que é necessário gravar: O cinematógrafo é a arte dos surdos-mudos.

Faz algum tempo lia um livro, cheio de frases modelo:

"A iniquidade sempre triunfa sobre a bondade e a inocência." Pobre homem. Como se vê que não foi ao Teatro.

Tenho sobre a mesa dois cachimbos que não se usam.

Nublado, como a chegada do sono.

Vontade de paralisia, descendente, branda, longa.

Ai! – O salto no leito, achando que caía.

De novo a vontade de paralisia.

Até a hora da vindima dos espíritos, quando na cidade sessenta mil homens deixaram de pensar. Quando, na cidade, o silêncio se enfronhou na imobilidade dos corpos.

Quando se fez a treva subjetiva.

(Assim, entre parênteses, vamos ver o episódio

Tentativa de sedução

decorrido no tempo em que é mais forte a inquietude da solidão e em que a ideia associativa faz perder a fortaleza de homem. É preciso levar em conta que esta fortaleza é inútil; a debilidade vence por fim, em todo caso, como por atração de forças contrárias.

Uma mulher jovem, farta em carnes. A sobrinha da dona da casa. A que o Tenente saudou tantas vezes no saguão; fica ruborizada e se nota mais o branco dos olhos.

A tentativa está submetida a um plano. Quando o Tenente compreendeu a necessidade da liberação de seu tributo aos bairros baixos, se apresentou a série de possibilidades existentes com cada uma das mulheres a quem desejaria. E descartadas as outras por sua dificuldade, apostava nesta que, ainda que não tivesse nenhum requisito ideal, supunha mais fácil.

Facilidades: ausência da tia; disponibilidade dela porque, por seu exame externo, se compreende com clareza que é boba.

É boba, é boba, é boba.

À casa ninguém vai.

Então organizava o plano. Uma resolução de apaixonar, sem estar apaixonado, derivada da conveniência de que uma mulher seja nossa, sem que seja bonita, nem menos; já que é mais conveniente que ser de outro.

É preciso começar; cedo ou tarde: que seja esta a ocasião.

E se sentia conquistador.

Aqui a lembrança de que, fazia alguns meses, quando arrendou o seu quarto, quem a acompanhava disse-lhe que tinha uns belos olhos e ela se acendeu.

Só faltava o dia da visita, adiado por preguiça, porque é preciso sair à rua, porque é preciso ir ao cinema, porque os sapatos estavam sujos, porque não tinha nem para fazer a barba.

Até que a ideia se realizou, com bom ânimo; limpando muito bem as unhas e perfumando a boca com chicletes.

Não lembro se tinha pedido a visita; mas, valente, chamava por ali, bem atrás, depois de ter atravessado muitos corredores – todas as casas são velhas.

Fez-lhe entrar e sentar.

Fotografias nos armários, fotografias nas paredes, fotografias nas mesas: a mãe, a avó, a tia; o pai, o avô, o tio – avermelhados e bigodudos.

Bom, a sobrinha desta tia solteira, é sobrinha? Entrou a moçoila. Um pouco mestiça e com os cabelos grossos. A corrida dos piolhos pela metade, e com tranças. Só que era exuberante e de boca suculenta. Ah, esse chapéu com que a tinha visto pela rua! Mas, apesar de tudo, se falou e falou.

– E como se chama a sua mãezinha?

Saíam-lhe fanhosas – a ela – e sonoras as palavras, como quem não assoou o nariz.

Claro que a história era triste e propícia. Contar que não tem mãe, que também morreu o pai. Merecedora de um silêncio lânguido e, como a tarde ia longe, um suspiro como de chá.

– Deixe-me que lhe beije a mão.

Inocência. Essas coisas não se deve pedir.

É engraçado esse beijo de reverência, fugaz porque ele também tinha se emocionado. No dorso, um pouquinho mais acima que nos tempos antigos, mas com a mesma inclinação dos tempos antigos.

Virando os olhos, até o extremo de ver o rosto que estava: vermelho, ardendo por lhe beijarem a mão.

Deve ser, contudo, uma alegria.

Saiu, batendo as esporas.

Meu Tenente, ainda que esteja de amores, sempre usa esporas.

Deficiências e características da primeira sessão:

A distância. A primeira sessão adota uma distância; por falta de intimidade ou por medo de que percebam a verdade. Não se chega a crê-las tão simples que não possam surpreender o que parece que se tem escrito. E quando se examinam os olhos tem-se a imperiosa necessidade de pôr um biombo nos nossos, até podê-los cobrir decentemente. O da solidão é magnífico: em todas as partes li que se confessa: "eu estou sozinho", "você está sozinha". É uma conjugação arteira e sacana. Entrincheirados, à espera do alvo para o ataque. A distância, como é fria, é inconveniente; mas não se pode suprimi-la nos prolegômenos.

Ainda que tenha a vantagem de facilitar a tristeza.

A voz sonora afrouxa as forças; mas, afinal de contas, pouco importa.

Se, diante dessa porta aberta, não passasse continuamente a mulher perfurada pela varíola. É o guardião incômodo, com cara de ciúmes feito um cão.

Houve grandes silêncios, predisponentes ou embaraçosos. Bom é o silêncio em uma visita de amor...

Mas curiosa esta resolução que fixou de antemão a orientação dos fatos, e a formamos infinidade de vezes, para nos congratular interiormente com o bom êxito e, se não, fazer um gesto oblíquo ao mau momento.

É boba, com o agravante da comprovação.

Inclinamo-nos a não voltar, como se tivéssemos sido defraudados. Mas amarra algo igual a um compromisso. Disse-me um amigo de outro tempo: "Uma declaração tem enormes responsabilidades. Imagine a ilusão que poderíamos deixar em uma mulher a quem fizemos vislumbrar um afeto." Isto pode ser verdade. Talvez, melhor, pôde sê-lo.

E não o esquecemos.

No outro dia será encontrada com os olhos no labor doméstico.

Certamente estava esperando.

Esta sessão foi mais cordial do que a primeira. De maior intimidade. E agora me pus a pensar se a intimidade estabelecida de uma visita a outra foi obra da presença, ou melhor, da ausência do intervalo entre as duas que pôde ter sido preenchido pela meditação e o rigoroso exame das vantagens e desvantagens que implica uma amizade.

Seja isto ou aquilo, há novos laços estendidos entre os protagonistas. Deram-se os primeiros passos falando dos homens. Ah, os homens!, como dizem as moçoilas bobas; e como sempre tende-se à exclusão da regra, lhes satisfaz a galanteria. Têm pela frente a probabilidade da aventura nupcial, primordial ideia, à qual não deixam de pagar tributo.

— Minha mãe se chamava como você; é um nome doce e me soa bem feito uma lembrança.

Depois virá o remorso por ter misturado a mãe em um negócio canalha.

Ela agradecia e era preciso aproximar a cadeira e tentar roçar nos seus braços gordos. Uma emoção que se propaga ao tremor das mãos. O tremor das mãos em um namoro é como se a mentira fosse perdoada; este excesso nervoso tem o jeito de uma sinceridade virtual.

E como não retirasse os braços, buscava já as suavidades do pescoço.

— Deixe-me beijá-la.

— Ah, não, não; na boca, não: ninguém me beijou até agora.

Quase emocionava a ideia de beijar-lhe as mãos. Nas mãos sim! Ha, ha.

Mas como isso não se deve pedir...

Já!

Ardiam-lhe as bochechas e por fim lhe estendeu a boca.

Estendeu-lhe a boca como se aponta a taça para que nos ponham o chá.

— Ninguém me beijou até agora; juro que você é o primeiro.

É uma frase que se esgrime, na maior parte das vezes, como se a garganta tivesse inchado. É dita com a boca cheia e não é para se acreditar, ainda que seja verdade.

Sempre estão esperando:

– Ah, sim? Então me caso com você.

E a emoção é capaz de dar com elas em terra.

Como não disse aquilo, fica suspenso o silêncio como uma dúvida.

Assim, termina, desequilibrada, a segunda sessão: mas Ela se agarra à esperança e, como uma promessa, anota-lhe a súplica do regresso.

No terceiro dia há no meio uma ocupação para que lhe pergunte: "Por que não veio?", e se duvide, e se lastime o capricho.

Já dentro da intimidade, o nervosismo das mãos vaga pelo pescoço e avança até a atrevida carícia dos seios, ainda que se defenda e arda como a tinta vermelha de escrever romances.

Se não fosse preciso que essa porta fique aberta, por onde chegam as vozes dos inquilinos de baixo e os gritos das crianças...

– Podem nos ver aqui.

– Decerto que sim; as coisas que podem pensar...

– Escute, quer fazer uma coisa? Vamos para outro lugar.

– Não; isso não. O que você quer comigo? Nem pense nisso; se você quer, venha aqui.

Bom, caramba. Imaginou que... Se tivesse um pouco de paciência...

– Sabe... não seja assim...

[Segue o lugar-comum da discussão].

Precipitado, ou pouco hábil, ou costume da simplicidade da piscada. Como vai mal!

A falta de outro dia.

Além disso, tinha-a visto no quarto de um antigo inquilino. Direito de antiguidade ou parentesco. Isso não é o pior.

Por desilusão lhe fará a careta amarga do enganado, do que leva uma mágoa por dentro.

Até que algum dia virão com seu domingo sete:

"Manda dizer que a mesa que você tem foi manchada com copos, e como não foi dada assim, e como não é da casa mas emprestada, é sua obrigação mandá-la envernizar."

Vamos, vamos).

Tenente

Sua morte repentina dá um corte vertical na suave pendente dos fatos, de maneira que neste brumoso deslizamento me detenho e vejo a noite.

Débora está longe demais e por isso é uma magnólia. Teríamos ido vê-la.

Débora: bailarina ianquelandesa. Dois olhos azuis. Sabia dar aos braços flexibilidades de pescoço de garça.

Imagino que tem um longínquo sabor de mel.

E por temor de corromper essa lembrança, guardo o seu ridículo eu. Todos os homens guardariam por um momento o seu eu para se deleitar com o longínquo sabor de Débora, que lutará por voltar ao espírito cada vez mais desesperadamente e a mais longos intervalos, como uma mola que vai perdendo força.

Neste momento inicial e final, suprimo as minúcias e dissipo os contornos

de uma suave cor branca

Vida e morte de um antropófago equatoriano
por Jorge Wolff

> Os historiadores, os literatos, os futebolistas, shiii!,
>   todos são pancadas, e o pancada é homem morto.
> Vão por uma linha, fazendo equilíbrios como
>   quem anda sobre a corda, e se aprisionam no ar
>   com o guarda-sol da razão.
> Somente os loucos espremem até as glândulas do absurdo
>   e estão no plano mais alto das categorias intelectuais.
>
> *Pablo Palacio*

O escritor equatoriano Pablo Palacio (1906-1947) completaria cento e dez anos em 2016 e provavelmente seguiria sem ter sido traduzido no Brasil. Uma pena que se busca aliviar a partir de agora: com os relatos de *Um homem morto a pontapés* o escritor nascido na cidade de Loja, no altiplano sul do Equador, e transplantado jovem para a capital, Quito, no altiplano norte, chega ao país com alguns de seus textos capitais, como o próprio conto-título e a *nouvelle Débora*, publicados em 1927. Ambos poderiam tranquilamente fazer parte da Biblioteca Antropófaga de 1928, contendo as bases estéticas do vanguardismo brasileiro, ao lado de *Macunaíma*, *Cobra Norato* ou as *Memórias sentimentais de João Miramar*. Com este último livro, aliás, teria mais sintonia do que com qualquer outro presente na bibliotequinha: a sátira sintética, o fragmento insolente, o caráter crítico-político de uma prosa vazada, no entanto, por uma limpidez altamente poética e por uma atmosfera saturnina absolutamente pessoal e intransferível.

Pablo Palacio, que viveu uma infância de privações como filho de mãe solteira e se tornaria advogado, professor universitário e um intelectual ativo na cena pública, não teve praticamente leitores em seu próprio país até meados da década de sessenta. Não havia lentes capazes de ler o seu realismo aberto, equívoco e caótico em um ambiente literário durante muito tempo dominado pelo indigenismo e pelo realismo social como vanguarda. Seu representante máximo no Equador, Jorge Icaza (1906-1977), autor do clássico *Huasipungo* (1934), de vida bem mais longa e bem-sucedida, espécie de Jorge Amado equatoriano, viveu de seus livros e chegou, inclusive, a ser proprietário de uma livraria com os ganhos como escritor – fato raro nas imediações da linha do Equador (o país é atravessado por ela; libertou-se da Espanha em 1822 como a república bolivariana – original – da Grã-Colômbia, da qual viria a se separar junto com a Venezuela em 1830).

Em terras brasileiras, porém, Pablo Palacio estaria mais próximo de um João do Rio no que diz respeito aos seus temas: o horror, o teratológico, o saturnino, o monstruoso, a alma encantadora e inquieta das ruas. Mas os modos de abordar e reconfigurar a realidade são inteiramente distintos em um caso e outro. Com uma obra breve como sua vida, Palacio trata o real com um tom entre cruel e melancólico em torno de temas escandalosos, sobretudo para o início do século passado, como a homossexualidade, o adultério, a bruxaria, a teratologia e, evidentemente, a antropofagia. Mas o jovem autor de *Um homem morto a pontapés* e *Débora*, com 21 anos à época de sua publicação, recorta a realidade em pedacinhos por meio de um canibalismo amoroso parricida, matricida ou filicida em que o narrador usualmente vê o personagem de modo compreensivo e mesmo afetuoso: nada mais melancólico, aliás, que o olhar do personagem principal de "O antropófago". Nesse relato ao mesmo tempo tristonho e sardônico, narrado em dois tempos pelo suposto advogado de defesa e portanto adepto declarado do antropófago, lê-se, por exemplo, que "Isso de ser antropófago é como ser fumante, ou pederasta, ou sábio". Seus relatos burlescos e poéticos desenvolvem-se fazendo uso de uma linguagem pseudocientífica que caricaturiza e joga com o ambiente universitário equatoriano da época, em cenas em que são trazidas à tona as vozes de estudantes e professores. O que não explica por si só as obsessões de Palacio, formado em direito em 1935, professor universitário de filosofia, militante filiado ao Partido Socialista, fundador da revista política *Cartel*, que chegou a ser decano (isto é, diretor) da Faculdade de Filosofia e Letras, além de secretário da Assembleia Constituinte de 1938 e subsecretário do Ministério da Educação de seu país em um curto lapso de tempo.

A existência breve de Pablo Palacio estaria diretamente relacionada ao fato de ter contraído sífilis, cujas sequelas levariam o escritor a quase dez anos de internação em uma casa de saúde, apesar dos esforços e da dedicação da esposa, a artista modernista Carmem Palacios Cevallos, com quem se casara em 1937. No entanto, com o argumento de que a mãe, falecida em 1976, nunca foi contagiada, um dos filhos do casal, Pablo Palacio Palacios, nega com veemência essa possibilidade, ainda que tenha sido ficcionalizada pelo pai em "Luz lateral" muitos anos antes. O fato é que, depois de quase uma década de internação, o escritor morre em um hospital de Guayaquil (a maior cidade deste pequeno país de cerca de quinze milhões de habitantes na atualidade). Fatos que, no entanto, ao lado do grave acidente que sofreu em um rio caudaloso aos três anos de idade, tendo sofrido cortes profundos na cabeça, não servem para explicar sua obra singular, que se tornaria uma das mais estudadas dentro e fora do Equador a partir dos anos setenta, década em que também passa finalmente a integrar o currículo das escolas do país.

Em "Um homem morto a pontapés" há um singular procedimento que se repete em seguida, ainda que de modo diferido, em "O antropófago" – cujo final menciona por sua vez "aquela história do Octavio Ramírez" (a vítima dos pontapés) –, que é o de primeiro apresentar os materiais convocados à cena da escritura para somente então contar a história em si. O relato começa com uma suposta notícia de jornal transcrita na íntegra. Em seguida o narrador, obcecado pela investigação do crime que a polícia não tinha se interessado em desvendar, estuda um possível método para a tarefa, finalmente encontrado na indução: "Quando se sabe pouco, é preciso induzir. Induza, jovem", diz o narrador, que a partir de duas imagens da vítima obtidas na delegacia vai desdobrar a narrativa em busca de "raciocínios" e "provas". Ação: o narrador-detetive, com o cachimbo bem curvado aceso ("Isto é essencial, muito essencial"), entabula um diálogo com o delegado, do qual sai com as duas fotografias da vítima, o forasteiro chamado Ramírez. Delas extrai um retrato imaginado para a recriação vestigial, através de um desenho de próprio punho, do rosto do "defunto Ramírez". Recomeça a história: a partir de uma lista de conclusões induzidas pelo narrador, a trajetória da personagem é reconstruída – uma personagem que no fundo não existe, apesar de supostamente extraída das páginas de um jornal, mas cuja história é contada duas vezes e que, mediante este expediente, se esvazia e multiplica simultaneamente. Com um final sonoro e tátil, cheio de imagens insólitas dedicadas à pobre vítima, a narrativa inaugural do livro de estreia de Pablo Palacio participava de modo incomum de um estado-de-coisas, de resto, comum para a história de toda a antiga Grã-Colômbia: Violência e Poesia.

Nas "Bruxarias" mantém-se o tom de cinismo bem-humorado, através da sugestão de duas infalíveis receitas, no relato da primeira delas: "Para obter os favores de uma dama" é a receita narrada, enquanto aquela intitulada "Para obter os favores de um homem" é silenciada, não sem lamentá-lo: "Oh! a magnífica história que perdemos!" Ficamos sabendo, apenas, que se trataria da paixão do rapaz que busca a primeira receita por uma bruxa "encouraçada por dois caninos amarelos" diante de cujos "olhos remelentos e empapados" o galanteador se delicia... Mas não: bruxa que é bruxa não se deixa enamorar e sempre preferirá a vingança canibal. Quanto à segunda "Bruxaria", se trata da história de Bernabé, tido como "o mestre insuperável dos maridos enganados", bruxo que revoluciona a arte do combate ao adultério ao substituir o uso do revólver pela defenestração dos amantes via magia, na qual tampouco faltam pontapés. Ambas as "Bruxarias" permitem ao escritor experimentar com uma sorte de escrita satírico-psicodélica no Equador em plenos anos de 1920.

Em "As mulheres miram as estrelas" é desentranhada uma teoria satírico-crítica da história com base em outro *poema* de adultério, e aqui quem vem à mente são os homens e mulheres de Dalton Trevisan. É nesse conto que se lê, como na epígrafe a este posfácio, que "Os historiadores são cegos que tateiam; os literatos dizem que *sentem*; os futebolistas são policéfalos, guiados pelos quádriceps, gêmeos e sóleos". Mas não seja por isso: "O contista é outro pancada", que no entanto recorre a "figuras geométricas de Picasso" e a "moçoilas estilo Chagall" logo a seguir. Aqui, também à Trevisan, literatura é documento, mas documento sórdido e frívolo, "bolo de lama suburbana". São essenciais para o contista, por exemplo, a precisa altura (1,63m) e exato peso (54 quilos) do protagonista, o historiador Juan Gual, 45 anos; a precisa altura (1,80m) e o exato peso (63 quilos) do "Copista" – e traidor –, enquanto a esposa do historiador, grávida, conta 23. Porque "Só os cães são fiéis... com os homens. Só os cães: só os cães".

Já "Luz lateral" é um impressionante e breve diário da peste, hino ao "treponema pálido", causador da sífilis, marcado pelo motivo, sórdido, frívolo, da separação forçada do narrador de sua amada, a qual "amava estrepitosamente, e amo ainda": a repetição, em todas as frases que ela enunciava, da exclamação "claro!"... A tensão do protagonista vai crescendo à medida que parece estar chegando a hora do almoço, que finalmente não vem, enquanto ele vai passar dez dias com Paula, "uma canalha que foi minha amiga quando eu era jovem". Sobrevém-lhe então um sonho erótico e mortífero que conduz o narrador, num corte abrupto, para o interior de uma antiga igreja em um pequeno povoado, que se abre para o campo onde ele finalmente pode "gritar altíssimo, ainda que rasgue a laringe, para a côncava solidão", o nome aterrorizante da bactéria que é tão "pálido" quanto "claro"...

"A dupla e única mulher" é um dos relatos mais longos do volume, ao lado do conto-título e da *nouvelle Débora*: conta a triste-e-bela história da vida-e-morte da mulher que nasceu dupla, para desespero dos pais endinheirados. Motivo do nascimento do monstro: a leitura de certos livros e a observação de certas estampas estranhas e perniciosas trazidas à mãe entediada por um médico amigo durante a ausência do pai em viagem de saúde. O relato é narrado do ponto de vista daquela que se sobrepôs à outra e mesma, ditas "Eu-primeira" e "Eu-segunda", torcendo "fisicamente" a linguagem em direção a incorreções gramaticais – pelas quais a narradora pede as devidas desculpas –, a exemplo de "meu peito dela". Melancólico ao quadrado, o tom de desencanto e ao mesmo tempo de franca resignação da dupla protagonista é outra obra-prima, outro canto à "côncava solidão" perpetrado pelo escritor equatoriano. Que na sequência apresenta nova teoria-e-prática do relato no brevíssimo "O conto", particularmente filosófico na medida em que também esboça uma reflexão sobre a "opinião pública", concluída com um pensamento impudico sobre a mesma. Porque impudico é o "sociólogo" – Francisco ou Manuel – satirizado no relato, assim como impudica e ameaçadora é a rameira – Laura ou Judith – que o excita e aborrece.

Mas em "Senhora!" as mulheres dão o troco – o que sói acontecer, ainda que de forma rara, entre escritores de estirpe dalton-trevisaniana. Dentro de um carro com chofer, uma senhora rica acusa um robusto rapaz de roubo de suas joias ao mesmo tempo que supostamente o leva a uma delegacia. Acabam, no entanto, na mansão dela, já que os maridos em Palacio estão sempre viajando, tendo chegado ou estando na iminência de chegar. Em mais um relato peculiaríssimo, o narrador põe em movimento a narrativa com intervenções externas que se deixam contaminar pela história e correm junto com a própria trama: "Na comédia moderna, o automóvel é um personagem interessantíssimo; de modo que se aproximou um automóvel".

O "Relato da muito sensível desgraça ocorrida à pessoa do jovem Z" é outro relato burlesco da dor e outro breve diário da peste, desta vez a de um colega de faculdade, matriculado em Patologia em 1925 ao lado de três amigos, A, B e C, sendo que "C é o contista". Mas não se trata de uma dor qualquer e sim de uma "infecção uretral" autoprognosticada na mesma medida em que se estuda minuciosa e cientificamente a matéria em questão – em outra narrativa que se desloca enquanto se conta. Com uma máquina de escrever e um estetoscópio sobre uma mesa de dissecção, este último relato da edição original de *Um homem morto a pontapés* fragmenta o texto-corpo e faz soar o coração morto do protagonista, que se despede, aparentemente impávido, dos vivos.

Vários relatos de Pablo Palacio põem em cena a vida e a morte de suas personagens fantasmáticas porque muito reais (e vice-versa), ainda que de modo fragmentário e não linear. Também é o caso da *nouvelle Débora* – claramente enigmática e intensamente leve – que se limita, segundo César Aira, "a começar indefinidamente: *A náusea* escrita por Macedonio Fernández". Hóspede do autor-narrador "durante anos", o Tenente protagonista é apresentado levando literalmente um pontapé daquele que fala com o dedo em riste (como é frequente em Palacio): "Você foi meu hóspede durante anos. Hoje lhe expulso de mim para que seja a burla de uns e a melancolia dos outros." Com "pressa da perda", esse narrador-autor conversa com a própria personagem que é logo posta em marcha para, "buscando o artifício", "dar ao Tenente o que não teve, a prima dos romances e também da vida, que traz fresco aroma de marmelo". Largo mergulho em Pasárgada, *Débora*, publicado apenas alguns meses depois dos relatos de *Um homem morto a pontapés* no mesmo ano de 1927, é igualmente uma experiência da duplicidade, já que, como em "A dupla e única mulher", aqui dois Tenentes, dois homens ditos Tenente A e Tenente B, ambos viciados na primeira pessoa do singular, se imiscuem e contaminam mutuamente nesse território onde, no entanto, ser amigo do rei não é necessariamente uma vantagem. Desencanto, melancolia; festa, alegria; Apolo com Dioniso sobre a linha do Equador.

O narrador de *Débora*, que é uma *nouvelle* plena de iluminações poéticas, afirma, no entanto e sem meias palavras, que "o romance realista engana lastimavelmente. Abstrai os fatos e deixa o campo cheio de vazios; dá-lhes uma continuidade impossível, porque o verídico, o que se cala, não interessaria a ninguém". Por isso esgarça, despedaça e reconfigura os materiais do cotidiano de uma cidade pobre recém-submetida à voragem do moderno, montando-os e remontando-os de modo frívolo e mundano com luvas de pelica, cachimbo aceso e manejando um bisturi sem concessões em relação aos outros e a si próprio. Tudo para que seus personagens assumam da maneira mais transparente possível o seu ser de criaturas de linguagem, seres de papel, fantasmas, espectros, artifícios e artimanhas. A potência da escrita de Pablo Palacio deve, portanto, boa parte de seu apelo atual e intempestivo a esses artifícios e artimanhas, a esse apelo constante e obstinado a uma sátira da qualidade e da correção das "histórias bem contadas". Ainda que tenha sido marginalizada em seu tempo, sua literatura mantém uma potência inequívoca de crítica do presente que se dá a ver através de uma série de ficções extremamente sofisticadas em sua vulgaridade *vaudevillesca*, agora legíveis em português do Brasil.

9 de maio de 2014.

Impressão e Acabamento:
GRÁFICA STAMPPA LTDA.
Rua João Santana, 44 - Ramos - RJ